中华和谐故事

王 璐 编著

陕西新华出版

陕西人民美术出版社
SHAANXI PEOPLE'S FINE ARTS PUBLISHING HOUSE
—— 西安 ——

图书在版编目（CIP）数据

中华和谐故事 / 王璐编著. -- 西安 : 陕西人民美
术出版社, 2024.4
ISBN 978-7-5368-4014-0

Ⅰ.①中… Ⅱ.①王… Ⅲ.①历史故事—作品集—中
国 Ⅳ.①I247.81

中国国家版本馆CIP数据核字(2024)第088230号

策　　划：高立民
责任编辑：王　敏

ZHONGHUA HEXIE GUSHI

中华和谐故事

王璐　编著

出版发行	陕西人民美术出版社
地　　址	陕西省西安市雁塔区曲江街道登高路1388号
邮　　编	710061
经　　销	新华书店
印　　刷	西安市久盛印务有限责任公司
规格开本	889mm×1194mm　　1/32
印　　张	4.75
字　　数	67.9千字
版　　次	2024年4月第1版　　2024年4月第1次印刷
印　　数	1-4000册
书　　号	ISBN 978-7-5368-4014-0
定　　价	32.00元

前言

　　社会主义核心价值观不是无源之水、无本之木，它的形成与中华优秀传统文化有着千丝万缕的联系，特别是它所倡导的国家层面的价值要求富强、民主、文明、和谐，社会层面的价值要求自由、平等、公正、法治，既承载着我们每个人的美好愿景，更传承着中华民族优秀的传统文化基因，是中国人千百年来不断求索、努力践行的理想与信念。中华优秀传统文化中的经典故事，教育着一代又一代的中国人。我们今天的年轻人，也应从这些经典故事中获取教益，成为社会主义核心价值观的践行者。

　　所谓和谐，是指一种恰到好处的状态，也是中华民族自古以来一以贯之的一种理念。《论语》中称"礼之用，和为贵"，就是说按照礼的规训来处理一切事情，目的是要把各种关系都处理得"恰到好处"。而这其中的各种关系，在今天看来，则主要包括三个方面，即人与自然、人与人、人与社会。这是我们当今社会所强调的构建和谐社会的几个层面，同样也是古人对和谐的思考与向往。对于人与自然和谐相处，古人提出不要焚林而田、竭泽而渔；对于人与人和谐相处，古人提出"君子和而不同"；对于人与社会和谐相处，古人提出"天时不如地利，地利不如人和"。关于如何构建和谐社会，中国古代智者所论述的种种，综合起来其实就是各种关系全方位的"恰到好处"。

本书收集整理了中国古代数十个有关和谐的故事，展现了古人对人与自然、人与人、人与社会各个层面之和谐的全方位思考，也从反面展现了不和谐的社会所带给人民的苦难及对社会发展的阻滞。

由于我们能力和水平有限，书中难免有不当及疏漏之处，敬请大家给予批评和指正。

目录

舜帝顺自然守和谐 / 1

周景王与无射钟 / 3

网开一面 / 6

黄泉见母弃前嫌 / 8

闵子骞芦衣敬母为和谐 / 12

孟子尚和谐 / 15

廉颇蔺相如将相和 / 18

李斯上书劝阻秦王逐客 / 24

韩非对和谐社会的构想 / 28

陆贾论将相调和 / 32

萧规曹随 / 36

直不疑买金偿失主 / 39

汉文帝和治天下 / 41

缇萦救父废肉刑 / 44

张骞通西域 / 47

大树将军冯异 / 51

梁鸿孟光举案齐眉 / 54

王吉休妻与东邻伐树 / 56

昭君出塞 / 58

郑玄谦让成人之美 / 60

寇恂贾复共车结友 / 63

王祥与王览兄友弟恭 / 67

石勒宽仁不记仇 / 70

管宁置器井旁待人汲 / 73

桑虞宽大为仁 / 75

陶渊明笔下的和谐社会 / 78

严世期抚孤养老 / 82

李世民君臣和谐 / 84

裴矩真诚劝太宗 / 87

恃才傲物引不和 / 89

1

郭子仪的勇与谋 / 92

和平使者文成公主 / 95

白居易与白公堤 / 98

李重进化敌为友 / 100

韩琦的和谐心态 / 102

曹翰庙中感和谐 / 105

王旦大度相处同僚 / 108

吕蒙正宰相肚里能撑船 / 111

龟鹤丞相不和谐 / 114

宗泽和谐振军威 / 118

从铁木真到成吉思汗 / 121

小伙伴巧妙话当年 / 123

杨翥和谐处邻里 / 126

知行合一心和谐 / 128

郑成功与高山族同胞和睦相处 / 131

陆菜诵诗巧救父 / 133

叶桂"踏雪"与薛雪"扫叶" / 136

仁义胡同与六尺巷 / 139

左公柳"引得春风度玉关" / 142

舜帝顺自然守和谐

舜帝在还没有成为君主的时候，就十分重视和谐之道。舜的父亲瞽叟在舜的母亲死后，续娶了一位妻子名叫壬女，其后又与壬女生下了舜的弟弟象。舜的继母壬女和弟弟象都十分讨厌舜，想方设法地折磨他。可是舜为了维护家庭的和谐，始终对父母孝顺如故，对弟弟象也友爱如初。后来舜被迫离开家，到历山上盖了一座茅草屋居住，并开垦荒地种植谷物以糊口，然而他还没有忘记给自己的父母送去粮食。

因为这样高尚的品德，舜被尧选作继任的部落首领。而舜在成为部落首领之后，依旧尊崇着天下和谐的原则，十分重视对人民的教化。他提出作为父亲应该仁义，作为母亲应该慈爱，作为兄长应该友爱，作为弟弟应该恭敬，作为儿子应该孝顺的伦理道德准则，并以诗歌与音乐的方式熏陶、教化并感化人民。

舜帝时代，在中原地区以外有一个强大的三苗部落，这个部落不服从舜帝的领导。舜帝为了使民族关系和谐发展，并没有对三苗部落采取武力讨伐，而是决定以德化之。相传舜帝南巡来到湘乡一带，突然被拿着武器的三苗人民所包围，这个时候，舜帝非但没有动武，反而命人奏起了音乐，于是三苗人民便拿着武器跳起舞来，一场战争就这样被音乐与舞蹈化解了。

舜帝时代，人们对于天地神明十分崇拜与敬畏，而舜帝也主张想要社会安定和谐就要努力处理好人与自然的关系。他提出了"齐七政"的主张，即要充分处理好春、夏、秋、冬、天文、地理与人道这七个方面的政务。舜帝还时刻关注着日月星辰、天气物候的变化，以便与大自然和谐共处。

尽管在文献记载中，有关舜帝的故事都带有不少神话色彩，但是舜帝追求和谐的精神却是真实可信的，而这也是中华民族和谐文化的思想源头之一。

周景王与无射钟

周景王在位时，想要制造一套叫作"无射"的大型编钟。而要实现这个目标，就必须能够铸造出体积更大、声音更低的钟来，因此这个计划可谓是耗资巨大，劳民伤财。

周景王开始心里也有所忌惮，就先招来大臣单穆公，询问他对于制造无射钟的意见。单穆公听了周景王的计划后，忧心忡忡地对周景王说："还望您三思啊！我朝在铸造大钱（注：一种大额的铜币）上已经让老百姓损耗了不少钱财，如今要铸造一套这么大的编钟，无疑会加重损耗，这对于国家的发展可是有百害而无一利的！况且铸钟的目的原本是让人能够听到钟撞击的声音，而如果钟声太过低沉，人的耳朵恐怕根本就无法听到，那么铸钟又是为了什么呢？这就好像用眼睛来看东西，能看得十分清楚的，也就是距离一步左右的东西；再看得远一点，无非也不过一丈左右的距离；倘若再远，恐怕就没几个人能够看到了。若制造出这么一口大钟，能够听到钟声的不过寥寥几人，又有什么意义呢？还请您不要随意逾越先人的制度来制造大钟。"

听了单穆公的话，周景王虽然觉得很不开心，但单穆公说得也不无道理，所以也没有理由怪罪他。于是周景王又叫来乐师伶州鸠加以询问。伶州鸠则说："既然向我询问，就请让我从音乐的角度来回答这个问题。音乐倘若要和谐，那么奏乐时所用到的音就要服从和谐的需要。而音律的调整也是为了达到乐音和谐的目的。音乐中所讲的音高的标准，就是说音乐它是有一定规律的。古代的盲人乐师，有一项重要的职责，就是要写定最好听的音乐范围，这样所演奏出的音乐才是和谐的、悦耳的。而我听说，政治也像音乐一样，和谐的音乐才能够说明国家秩序的完善。这样百官才能有道有法地施展自己的才能。"

伶州鸠虽然没有直说不让周景王造钟，言下之意却是周景王计划造出的编钟不符合音乐的规律，因此奏不出和谐的音乐。这下周景王更加不悦，甚至执意要造无射钟。众臣又多加劝阻依然无效，只能作罢，任凭周景王去造钟。

　　这套编钟造好后，乐工们因为不敢得罪周景王，没人敢说大钟奏出的音乐不和谐。而乐师伶州鸠听过大钟的声音后，却直说这钟所奏的音乐不和谐，还说天子如果听到这样的钟声，会心痛地死去。因为和谐的声音进入人的耳朵才会使人快乐，如果某个声音纤细得让人无法听到，或粗犷得让人无法忍受，人听到后只会觉得不安并且生病。而这套无射钟，声音粗犷，天子听后肯定会内心难受，因此是无法长命的。

　　两年之后，周景王就去世了。

网开一面

商汤是商王朝的建立者。一次，商汤在野外游玩，看到有人正张着四面的大网捕鸟，那个人嘴里还念念有词："从天上飞下来的，从地面飞上去的，从四面八方飞过来的，都快点进入我的网子里吧。"商汤听后，不满地对捕鸟人说："你张开四面网捕鸟，也太残忍了吧！赶快撤掉三面网，留下一面即可。"捕鸟人不屑一顾地说："开什么玩笑，只张一面网怎么可能捕到鸟呢？"商汤却说："你这样就会把鸟捕光的。你应该只张一面网，并且对鸟儿说：'鸟儿啊，你们愿意往左飞就往左飞，愿意往右飞就往右飞，如果实在不想活了，那再飞进我的网里来吧！'这样才显得心地善良啊！"商汤对捕鸟人说的这番话，很快就传开了，大家都觉得

商汤对飞禽尚且如此仁慈，何况是对待百姓呢？

　　当然，商汤当时宣扬要网开一面，可能只是出于获取民心的政治目的。然而，能够有网开一面的意识，则也是和谐的题中之意。《孟子·寡人之于国也》中说："不违农时，谷不可胜食也；数罟不入洿池，鱼鳖不可胜食也；斧斤以时入山林，材木不可胜用也。"就是说早在商周时期，人们已经认识到，只有不耽误农业生产的季节，粮食才会吃不完；不用密网在池塘里捕捉鱼鳖，鱼鳖之类的水产才会吃不完；只有按一定的季节入山伐木，木材才会用不完。这无疑是一种人与自然和谐发展的可持续发展观。

黄泉见母弃前嫌

　　春秋时期，因为郑国国君郑庄公在出生的时候其母亲武姜难产，武姜一直都很讨厌这个儿子，而对于自己的小儿子共叔段宠爱有加。昔日郑庄公还没有即位时，武姜曾多次想要当时的国君郑武公把王位传给共叔段，不过郑武公并没有答应。

　　后来，郑武公去世，郑庄公即位，可是共叔段却因为母亲一贯的宠爱，从不把哥哥放在眼里，总是做一些逾礼违规的事情。武姜也一直纵容着共叔段，甚至与共叔段一同谋划，想要废掉郑庄公。不过，郑庄公早已发现弟弟有不轨之心，所以一直对共叔段有所防备。后来共叔段叛乱，郑庄公发兵镇压，在鄢地一举打败了共叔段。兵败后，共叔段逃奔国外，因为害怕受到惩罚，便

再也没有返回郑国。而郑庄公的母亲武姜因为参与了此次谋反，被郑庄公流放至颍地。临行前，郑庄公愤怒地对自己的母亲说："不到黄泉，咱们母子二人就不要再相见了！"

可是，武姜毕竟是自己的母亲，不出几个月，郑庄公就开始想念母亲，觉得母子二人闹到如此地步实在没有必要，对于自己说的"不到黄泉不相见"的气话也颇觉后悔。可是身为一国之君，所说皆无戏言，倘若出尔反尔，岂不落人口实。于是，郑庄公便为了这件事一直闷闷不乐。

后来，颍地大夫颍考叔得知了郑庄公的苦恼，便心生一计，想要给郑庄公一个台阶下，好让他们母子缓和关系。一天，颍考叔特意来朝中面见郑庄公。因为郑庄公比较倚重颍考叔，所以准备了上好的饭食邀请颍考叔一起享用。在吃饭的时候，郑庄公发现颍考叔只吃素菜。郑庄公很好奇，就问颍考叔："你怎么不吃那些肉食呢，是不喜欢吃肉食吗？"颍考叔恭敬地答道："启禀君上，臣并非不喜欢吃肉食，君上所赏赐的饭食，皆是人间美味，尤其是这些肉食，更是难得一尝。臣之所以要把这些肉食留下来，是因为臣在家中还有一位老母亲，我希望我的母亲也能够尝尝君上所赏赐的美味肉食。"郑庄公听后，不禁又想到了自己的母亲，内心有些伤感："唉，你家中有母亲，吃好吃的东西还可以分享，可是我就没有你这样的福分！"颍考叔听后，明知故问道："君上何出此言呢？您的母亲不是尚且安好吗？"无奈，郑庄公就讲了自己与母亲关系破裂的经过，将因为一时气愤，把自己的母亲武姜流放至颍地居住，且与她说"不到黄泉不相见"的事统统告诉了颍考叔。颍考叔听得出郑庄公语气里的后悔，也看得出郑庄公是真心想要和武姜缓和关系，便笑着说："君上不必忧虑，既然只要到了黄泉就可以相见，那君上与您的母亲就还可以相见嘛！"郑庄公不解："黄泉是人死之后去的地方，我们尚且都活着，又怎么可能在黄泉相见呢？"颍考叔说："君上此言差矣。谁说黄泉是人死后才能去的地方。君上只要找人挖一条地道，渗出泉水，这不就是到达黄泉了吗？然后君上派人将您的母亲接过

来，你们在这地道中相见，就可以不用违背誓言！"郑庄公听后十分高兴，赶紧派人去挖地道。

没过几天，地道便挖好了。郑庄公如愿和母亲见了面。他非常高兴，说："走进地道里，内心真愉快！"其母武姜也感慨万千，不禁叹道："走出地道外，心情真欢快！"

颍考叔略施小计，使得郑庄公与母亲和谐地化解了彼此间的矛盾，二人从此重归于好。

闵子骞芦衣敬母为和谐

闵子骞是春秋时期鲁国人，孔子弟子中的七十二贤之一，孔子曾称赞他"上事父母，下顺兄弟，一举一动，尽善尽美"。

闵子骞很小的时候，母亲就去世了，父亲为了有人能够照顾家里，便娶了一位新妇。继母刚到闵家的时候，对闵子骞还是很好的，可是，当继母的两个亲生儿子出生后，她便不太把闵子骞放在心上了，甚至开始虐待闵子骞。只要父亲不在家，继母就不给闵子骞食物吃，因此闵子骞常常饿肚子。不仅如此，继母还把家里的脏活、累活都分给闵子骞，闵子骞生活得很艰难。尽管如此，闵子骞从来没有怨恨过继母，为了家庭和谐，他也从来没有把继母的所作所为告诉父亲。

到了冬天，继母给两个亲儿子都做了厚厚的冬衣，穿在身上十分暖和。可是她给闵子骞做的冬衣里面装的是轻薄的芦花，根本不保暖。天气越来越冷，闵子骞常常冻得瑟瑟发抖。有一次，闵子骞的父亲回来了，闵子骞想要给刚刚回家的父亲端上一碗热水，谁知因为太冷了，他端着热水的双手竟然不住地颤抖，走到父亲跟前，一碗热水已经被抖掉了半碗，还泼洒到了父亲的身上。父亲看到闵子骞连端碗热水这样的小事都做不好，十分不快，便训斥闵子骞没有出息。继母见状，也责备起闵子骞来，还让自己的小儿子为父亲重新端来了热水。看着小儿子年龄虽小，却成熟稳重的样子，父亲心里更不喜闵子骞了。

吃过饭后，父亲叫他们兄弟三人跟自己一起去集市上采买货物。他让三个儿子为自己赶车。车子奔驰起来，寒风呼啸，只穿着芦花冬衣的闵子骞被冻得连手都伸不开，身子也缩成了一团。而两个弟弟，因为穿着暖和的衣服，根本不惧寒风，头上还渗出了汗珠。闵子骞的父亲看到后，觉得闵子骞因为不肯卖力才故意缩成一团，便厉声斥责闵子骞道："你就那么冷吗？一路上不好好赶车，缩成一团。你看看你两个弟弟，明明穿着一样的衣服，怎么他们不觉得冷呢？你真是太让我失望了！"说着，父亲气得顺手拿出鞭子往闵子骞的身上抽打起来。谁知，还没抽打几下，闵子骞的冬衣就被鞭子打破了，冬衣里的芦花就飘了出来。父亲这才知道原来妻子给闵子骞做的冬衣是用芦花做的，又怎么可能保暖呢？父亲吃惊得一时说不出话来，知道自己错怪了儿子。

回到家后，父亲生气地叫来妻子，表示当下就要休妻。妻子自知有愧，连忙下跪乞求原谅。可是父亲因为正在气头上，说什么也不肯原谅妻子。这个时候，闵子骞也跪下恳求道："父亲您就原谅母亲吧！孩儿受点儿冻其实没什么，如果您把母亲赶走了，那么我们兄弟三人以后恐怕都要受冻了！"听了闵子骞的话，父亲颇觉感动，刚才的怒气也消了大半。继母听闻闵子骞的话，更是惭愧不已。

最终，闵子骞的父亲打消了休妻的念头，继母也真心悔过，对待闵子骞如亲生儿子一般。一家人一直和和美美地生活着。

孟子尚和谐

　　《孟子》是记录孟子言行的著作，书中也有着许多关于和谐的论述。

　　有一次，孟子谒见梁惠王。梁惠王此时正站在池塘边上观赏着鸿雁与麋鹿。于是梁惠王便询问孟子："面对这样的景象，贤人会感觉到快乐吗？"孟子回答说："只有贤人才能感受到这种快乐。不贤德的人，即便拥有这样的珍禽异兽，也是不会真正感受到快乐的。《诗经》中说，当年周文王规划建筑灵台，百姓纷纷前来为文王建造，因此灵台很快就修建好了。当时文王告诉百姓不要着急，可是百姓却更加积极。文王到灵囿巡游，其中的母鹿乐悠悠地十分自在，而百鸟也高兴地扇动着翅膀。文王到灵沼游览，鱼儿在池塘里喜悦地跳跃。文王虽然依靠百姓的力量建造高台与深池，可是百姓却十分高兴，还把所建造的台叫作灵台，所建造的池沼叫作灵沼，并因为他能够享有麋鹿与鱼鳖而喜悦。古代的贤君，因为能够与民同乐，才能够享受到真正的快乐啊！"

有一天，梁惠王跟孟子抱怨说："我感觉自己对国家已经十分尽心了，比如哪里发了水灾，就把当地的百姓转移到其他地方。我时常观察邻国的君主，好像也没有这么用心的，但是我们国家的人数并不见增加，而其他国家的人数也没有减少，这是怎么回事呢？"孟子听后，便先用战争中的逃兵举例，问梁惠王说，那些逃了五十步的逃兵嘲笑逃了一百步的逃兵，怎么样呢？梁惠王说："都是逃兵而已，又何必五十步笑百步呢？"于是孟子便说："既然大王知道这样的道理，那么就不要奢望咱们的民众多于邻国了。只要不耽误百姓的农时，那么产出的粮食就会吃不完；不用细密的渔网捕捞，那么鱼鳖就会吃不完；按照一定的时令采伐山木，那么木材就一定用不完。粮食和鱼鳖吃不完，木材用不完，那

么百姓不论是养家糊口还是办理丧事，都不会有什么遗憾。既然百姓养生丧死没有遗憾，那么王道就开始了。五亩的宅地，多种些桑树，那么五十岁的人就能穿上丝绵的衣服。鸡、猪、狗之类的家畜，不要错过它们繁殖的时节，那么七十岁的人就可以吃到肉。一百亩的田地，不去占夺种田人的农时，那么几口人的家庭就可以不饿肚子。然后搞好学校教育，告知年轻人应该孝顺父母、敬爱兄长，那么头发花白的人就不用肩扛东西赶路了。倘若能做到这些，还不能一统天下，我想是不可能的。可是如今，咱们国家的富贵人家的猪狗吃着人的粮食却没有人制止，道路上都有了饿死的人却还不开仓赈济，百姓都被饿死了，官员们还说这可不是我的责任而是收成不好，这与用兵器把人杀死却说这不是我的责任而是兵器的责任有什么不同呢？所以，请大王不要怪罪收成不好，只要好好推行仁政，百姓就一定会来到咱们国家的！"

廉颇蔺相如将相和

　　廉颇是战国时期赵国的著名将领,他曾经率领赵军征讨齐国获胜,为赵国夺取了阳晋地区,因军功而晋升为上卿,以英勇善战而闻名于各诸侯国。蔺相如不过是赵国宦官首领缪贤家的一位小小门客。

　　秦昭王因为听说赵惠文王得到了楚国的和氏璧,就派人送来书信,说想要用秦国的十五座城池来交换和氏璧。赵惠文王对这十五座城池十分心动,可是又担心秦国此举有诈,便找来大臣们商议此事,希望大家能够想出一个好的办法解决这件事。这时缪贤提议,他的门客蔺相如聪慧过人,或许有办法解决这件事。于是赵惠文王召见了蔺相如。蔺相如听闻事情的原委后,表示绝不可以答应秦国的要求,因为此时秦国强大而赵国弱小,

此事必然有诈。可是眼下如何应付秦国呢？赵惠文王又犯了难。于是蔺相如便说："秦国提出以城池换取玉璧，赵国倘若不答应，那我们赵国就显得理亏；而如果赵国把和氏璧给了秦国，秦国却未能如约给赵国城邑，那么就是秦国理亏了。不如先答应了秦国的要求，到时候他们不给城邑，让他们去承担理亏的责任吧！"可是赵惠文王又担心和氏璧白白给了秦国，于是蔺相如又说："那么就请大王派小人出使，小人保证，如果秦国将城邑按约给了赵国，那么小人就把玉璧留给秦国，倘若秦国未能给赵国城池，那么小人一定将这玉璧完完整整地带回赵国。"于是，赵惠文王便派遣蔺相如带着和氏璧出使秦国。

蔺相如到秦国将和氏璧呈给秦昭王。秦昭王高兴地将玉璧传给姬妾与左右侍从看，大家也都欢呼起来，连连高呼万岁。蔺相如见状，感觉秦昭王完全没有要拿出城池来交换玉璧的意思，于是便走上前去对秦昭王说："这块玉璧上有一块小小的瑕疵，让小人指给大王看吧！"秦昭王闻此，连忙将玉璧交还给蔺相如，本以为他会靠近给自己指出上面的瑕疵，谁知道蔺相如拿过玉璧随即便退后几步靠在了梁柱上，然后义正词严地对秦昭王说："昔日大王给赵国修书，说是要用十五座城池交换赵国的这块玉璧，当时我们赵王招来大臣商议此事，大家都说秦国的话不能相信，秦国不过只是想要说说空话换取咱们的玉璧，而给城邑的事，肯定是不可能的，因此大家都不主张给秦国玉璧。可是我却认为，为了一块玉璧而使强大的秦国不悦，也是不应该的。况且寻常百姓在交往的时候，尚且懂得诚信不欺骗，国家与国家之间的交往，又怎么可能连平民百姓都不如呢？于是赵王便决定答应与秦国的交换。当时赵王特意斋戒五日，派遣我捧着这块玉璧，并将国书郑重地交给了我。之所以如此做，都是为了向秦国表示尊重与敬意。然而如今我来到秦国，大王您却只是坐在一般的台观上接见我，而且拿到玉璧后，随随便便就传给姬妾观看，如此这般没有礼数，难道不是在戏弄我们赵国吗？我看大王根本没有想要履行诺言给赵国十五座城池的意思，所以我才取回了这玉璧。倘若大王一定要逼我，那么我将

同这玉璧一起撞在这柱子上！"秦王自觉理亏，又怕玉璧被他撞碎，于是便向蔺相如道歉，并假意找人拿来地图，给蔺相如指示要用来交换的十五座城池的位置。蔺相如知道秦王只是耍诈，便要求秦王也斋戒五日，举行大典，而后方才献上玉璧。秦王为了玉璧，只好答应了蔺相如的要求。然而蔺相如却在此期间，先派人将和氏璧送回了赵国。

斋戒期满，秦王安排典礼接见蔺相如。蔺相如到来后却说："秦国从穆公开始共计二十多位君主，好像没有一个是能够信守承诺的。小人着实害怕大王您也是在欺骗赵国，于是便先派人将和氏璧送回了赵国。不过大王不用担心，如今秦国强大而赵国弱小，面对秦国，赵国定然不敢不守约定。因此，只要大王先将十五座城池割让给赵国，那么赵国将立即奉上玉璧。"秦王心里虽然生气，但是又怕杀了蔺相如既无法得到玉璧又伤了两国和气，便只好应承下蔺相如的要求，并在大典之后让他返回了赵国。

因为此次出色地完成了赵王交付的任务，蔺相如由一位宦官的门客而被封为上大夫。其后又因在渑池与秦国的对峙中靠智谋保全了赵王颜面而被封为上卿，官位已在军功赫赫的大将军廉颇之上。

因此，大将军廉颇心中很是不快，他觉得自己是凭借战功而得以封官加爵，可是蔺相如不过就是动动嘴皮子，居然能够从一个下人一跃至自己之上，这也太让人感到耻辱了。因为不能容忍自己位居蔺相如之下，廉颇便处处给蔺相如找不痛快，想方设法地羞辱他。可是蔺相如却从不生气，对于廉颇也依旧十分礼让尊重。

对此，蔺相如的门客很是不服，纷纷抗议说："先生面对廉颇将军也太显得胆怯了，他处处为难您，您却屡屡避让，真是让人感到羞耻！"蔺相如却说："你们觉得廉颇将军与秦王相比，谁更厉害呢？"众人皆说："那自然是秦王。"蔺相如说："既然如此，我连秦王尚且不怕，又怎么会畏惧廉颇将军呢！我之所以躲着廉颇将军，处处礼让，是因为我觉得同朝为官，不应该相互斗争，而秦国也正是因为忌惮赵国有廉颇将军与我的存在，才不敢轻举妄动。倘若我和廉颇将军在自家先争

斗个不停，而不能将国家大义放在前面，赵国又怎么能够平安呢？我这不过是将个人私怨置于国家利益之后罢了。"

廉颇听说了蔺相如的这番话，十分惭愧，于是便脱去上衣，露出上身，背着荆条来到蔺相如的门前向他请罪。廉颇说："我这个粗野卑贱的人，罔顾国家大义与先生作对，想不到先生的胸怀如此宽大啊！"

由此，将相二人和好，成了生死与共的好友。而赵国也因为这文武二人的和谐相处，在当时颇受各国尊重。

李斯上书劝阻秦王逐客

战国末期，韩国曾派水工郑国去游说当时的秦王嬴政，说可以在秦国修建水利工程用于农田的灌溉，提高农业生产。然而，韩国此举，并非真的想要帮秦国提高农业生产力，而是为了通过修建水利工程而耗费秦国的人力与财力，从而使得秦国无力攻打韩国。后来，韩国的图谋被识破，便有秦国的宗室大臣向秦王建议驱逐其他国家在秦国做官的人。当时，效力于秦国的楚国人李斯闻此颇为不安，而且他也在被驱逐之列，于是在离开秦国之前，便写下了一篇著名的《谏逐客书》，阐述君主与客卿和谐相处的重要意义。

在这篇《谏逐客书》里，李斯谈道：

过去秦穆公曾到处寻求贤士，后来便从西戎得到

了由余，从宛地得到了百里奚，从宋国迎来了蹇叔，还从晋国招来了丕豹、公孙支。秦穆公在这些贤士的辅佐下，吞并二十多个国家而称霸西戎。秦孝公时，因为采纳卫国人商鞅的建议，改变法度，移风易俗，使得秦国的百姓生活殷实而国家更加富强，百姓都愿意为国家效力，诸侯也愿意亲附归服，于是在当时战胜了楚国与魏国，攻取了上千里的土地，所以至今政治安定而国力强盛。秦惠王因为采纳魏国人张仪的计策，于是攻下三川，并西进兼并了巴蜀两国，还北上收取了上郡，南下攻夺了汉中，并且席卷了九夷各部，控制了鄢郢地区，在东面则占据了成皋，从而破坏了六国的合纵同盟，让他们纷纷侍奉秦国，其功劳延续至今。秦昭王得到了魏国的范雎，废黜穰侯并驱逐了华阳君，由此巩固了王室的权力，使得权贵垄断政治的局面不攻自破，并逐渐蚕食诸侯的领土，使秦国逐渐成就帝王大业。上述四位君主，之所以能够成就大业，都是依赖了客卿的功劳。由此而言，客卿哪里有对不起秦国的地方呢？倘若昔日四位君主因为是别国客卿便拒绝了那些贤才的辅佐，疏远那些贤士而不能好好加以任用，我们秦国又怎么可能拥有这样丰厚的实力与强大的名声呢？

陛下宫中的许多宝物，都并非秦国所产，可是陛下却对它们喜爱有加。倘若秦国一定要用秦国自产的东西，那么夜光宝珠就不能为秦国装点宫殿，犀角与象牙雕成的器物也不能成为大王手中的玩物，郑、卫二地能歌善舞的女子也无法填充陛下的后宫，北方的良马、江南的金锡、西蜀的丹青，都不能为陛下所用了。还有那令陛下心旷神怡的郑、卫音乐，既然它们都不是秦国的，陛下又何必让乐工们去演奏呢？如今陛下之所以不愿意听秦国本地以瓦器敲奏的音乐，那是因为那些别国的音乐陛下听了以后更舒服，更能满足自己感官的需求。可是对于人，陛下怎么就双标起来了呢？陛下不论某个人是否贤德，是否能为秦国所用，就要求不是秦国人一律离开秦国，凡是客卿都要被驱赶。这岂不是说明，陛下只在意珠玉声色，而轻视人民士卒吗？如此这般，又怎么能够驾驭天下、制服诸侯呢？

我听说田地宽广，生产的粮食就多，国家广大，生

活的人口就多，而武器精良，将士就显得骁勇。正所谓泰山不拒绝泥土因此成就了它的高大，江河湖海不舍弃细小的水流而成就了它们的深邃，那么想建功立业的人不应该嫌弃投靠他的民众才能彰显他的德行。如今，我们要抛弃那些愿意为秦国做事的异国百姓，而让他们去为别国做出贡献，拒绝前来秦国效力的宾客让他们去为其他诸侯效力，如此一来，天下贤德的人定然会不敢西进至秦国，为我们秦国做事了！这难道不是"借武器给敌寇，送粮食给盗贼"吗？

我认为，物品没有出产在秦国但十分宝贵的有很多，而贤士没有出生在秦国愿意为秦国效忠的也很多。只要大王能够与之和谐相处，让他们看到秦国的诚意，他们就一定会为秦国效忠。而如果执意驱赶他们，无疑是给秦国内部找麻烦罢了！

秦王嬴政听从了李斯的建议，废止了驱逐客卿的动议，秦国也由此更加强盛，终于统一了六国。

韩非对和谐社会的构想

韩非是战国末期著名的思想家，荀子的弟子，因为提出系统的法治理论而最终成为法家学说的集大成者。韩非主张治国应当因时制宜，强调君主集权，并十分重视赏罚分明。其著作《韩非子》是法家的代表作品，其文章论说严密，并保留了许多生动的寓言故事，极具感染力与说服力。

针对战国末期的具体形势，对于如何构建"和谐社会"，韩非也有着自己的一番思索。

作为法家的集大成者，韩非十分重视法治对于和谐社会构建的重要作用。他在书中《主道》篇论述了贤明的君主应当注重赏罚分明。其中说道，贤明的君主在施以奖赏时，要如及时雨一般温润，让百姓都能够蒙受

君主的恩泽。在施以惩罚时，要如雷霆一般威猛，无论身份地位有多么高也不允许被豁免。《有度》篇中则论述了法治对于国家和谐安定的重要作用。其中说道，在如今这个时代，倘若能够去除私欲与奸邪，充分实施国家的法度，就能够使百姓生活安定，国家得到和谐的治理；倘若能够不为私利而行事，充分为国家公利行事，就可使本国兵强马壮而战无不胜。韩非还提出使国家安定和谐的七条策略：一是无论是奖赏或者惩罚都要遵循是非规律；二是无论遭祸或者遇福都要符合善恶；三是判处死刑或者使其生还都要依据法律制度；四是任用官员的时候要根据其是否有才能而不是自己的好恶；五是无论面对聪慧的人还是愚笨的人都不去随意赞誉或者诋毁；六是评判任何事都要有原则而不任性；七是为人处世要讲诚信而不能有欺诈。

此外，韩非还提出，要使社会保持和谐，就必须让人民能够拥有身心皆可以得到满足的生活。《外储说右下》篇中讲述了这样一个故事。昔年齐桓公到民间去视察的时候，遇到一个叫作鹿门稷的人都已经七十岁了还没有能够娶到妻子。于是齐桓公便向管仲询问，说：

"民间是不是有的人已经很大年岁了却依然无法娶妻呢？"管仲回答说："臣下听闻民间有位叫鹿门稷的人，已经七十岁高龄了却依旧没有娶妻。"齐桓公又问："那么，该如何做才能让他娶到妻子呢？"管仲回答说："臣下听说，倘若君主和官府总是积敛钱财，那么百姓的财物就会有所匮乏；倘若宫廷之中多蓄养孤独寂寞的宫女，那么民间的老人就会娶不到妻子。"齐桓公听后，认为管仲说得很对，于是下令将宫廷中尚未被君主临幸过的宫女都送出宫外。还下令民间男子二十岁就应当娶妻，而女子十五岁就应当出嫁。由此，宫廷之内没有孤独寂寞的宫女，而民间也没有了无法娶妻的成年男子，社会便更加和谐。

韩非在《韩非子》一书中，还有对人与自然和谐相处的论述。如《大体》篇中谈道，古代那些能够顾全大局的人，都是善于从自然运行的规律中有所取法的。他们观望天地，察看江河湖海，踏访高山低谷，研究日月照耀的规律，探索四季运转的道理，观察浮云的分布与

风吹的方向。他们不会让小聪明来蒙蔽自己的内心，不会让私欲使自身受累。他们会用法律制度来治理国家使其不至于混乱，用清晰的赏罚来处理问题的是非，用衡量之器来称取物体的轻重。一切符合自然规律，社会自然会和谐安定。

陆贾论将相调和

中华

和谐

故事

　　陆贾原是楚国人。汉高祖称帝之时，中原刚刚被平定。当时尉他因为平定了南越，便乘机在南越称了王。于是，高祖便派遣陆贾带着赐封尉他为南越王的印信前往南越，招抚尉他。

　　陆贾到达南越，只见尉他叉着两只脚坐着接见他，一点礼节也没有。于是陆贾便说："您原本是中原人，现在您却一点儿也不讲中原人的礼制，还扔掉衣冠巾带，妄图用小小的南越来与大汉天子对抗，与大汉成为敌国。如此这般，我看大祸就要降临到您的身上了。大汉的天子因为怜惜百姓的劳苦，想要让他们休养生息，于是特地派遣我来此授予您南越王的金印，剖分符节，互通使臣。可您如今却在这里逞强，倘若汉朝听说此

事，只要派一名偏将带领十万人马来到此地，我想到那时南越人起来杀掉您而归降大汉，就好像翻手掌一样容易吧。"尉他闻此，急忙起身坐好，并向陆贾道歉说："我这是在蛮夷居住得时间太长了，忘了规矩，先前对您失礼了。"

接着，在聊天时，尉他又问陆贾："您说我和大汉皇帝相比，哪个更厉害些？"陆贾恭敬地说："咱们皇帝昔日从丰、沛起兵，讨伐了暴虐的秦朝，其后又诛灭了强大的楚国，可谓是为天下兴利除害，继承下了五帝三王的功业，于是如今统治中原地区。大汉的人口乃是以亿来计算，土地也有方圆万里。可是大王您啊，统治的人口也不过区区几十万，还都在蛮夷地区，这就好比汉朝的一个郡，大王您又怎么能与大汉天子相提并论呢！"这一番话让尉他非常欣赏陆贾。

后来，陆贾回朝复命，汉高祖听闻也十分高兴，便任命陆贾为太中大夫。

陆贾很重视修养学问，便时时向皇帝进言，称引《诗经》与《尚书》中的内容，可是高祖却不以为意，还经常训斥他："老子乃是骑在马上得到了天下，哪里用得着什么《诗》《书》？！"陆贾却说："虽然骑在马上可以取得天下，但是骑在马上难道就可以治理天下吗？况且商汤、周武当初都是用武力夺取了天下，之后却顺应形势以文教治理天下，文治与武功并用，才是长治久安的办法啊！当初倘若秦国统一天下之后能够施行仁义之道，效法先圣的贤德，那么陛下又哪里能够夺得这天下呢？"高祖听了很不高兴，不过脸上还是露出了惭愧的颜色，就对陆贾说："要不你就尝试着替我写一写秦朝失去天下的原因是什么，而我得到天下的原因又是什么，还有古代成功、失败国家的各种事例吧。"陆贾于是写下十二篇。他每奏上一篇，高祖没有不说好的，因而高祖身旁的群臣便称陆贾的书为"新语"。

后来，吕太后掌权，诸吕专权，一度想要威逼控制年幼的皇帝。右丞相陈平很担心这件事，陆贾则说："将相如果能够和睦协调，那么士大夫就会归附。为国家考虑，安危只在你们将和相两个人的掌握罢了。您为什么不主动与太尉周勃交好，加强团结呢？"接着陆贾

又为陈平筹划了对付吕氏的几件事。陈平采用了他的计谋，与太尉周勃两人紧紧地团结在一起，大大削弱了吕氏一族的势力。而陆贾也名声大震。

等到铲除诸吕，拥立汉文帝登基，陆贾也出了不少气力。汉文帝即位后，想派人出使南越，陈丞相等人就推荐陆贾为太中大夫，出使南越之地，传达命令，陆贾都出色地完成了任务。最后陆贾以高寿辞世。

萧规曹随

萧何死后，曹参接替他成为大汉王朝的相国。曹
参入朝担任相国后，一切遵照萧何制定的法令，毫无变
更，并且对于朝廷中那些过分追求细枝末节或一心追求
声名的人，曹参就罢免了他们的官职。他还特意从诸侯
国与郡县中挑选了一些质朴而不善言辞的人到朝廷当了
属官。曹参为人宽厚，即便看到别人有微小的过失，他
也是隐瞒掩盖，不论是相府还是国家，都是一片和谐的
气象。于是，曹参也乐得自在，常常邀人饮酒娱乐，似
乎根本不用费什么力气去治理国家。

刚即位不久的汉惠帝，看到曹参这个样子不禁有
些生气。可是曹参乃是先皇与先相国共同指定的相国人
选，他又拿曹参没有办法，于是心里常常琢磨，先皇与

先相国都如此看重曹参，可见他一定是有才能的，可是担任相国以来，他基本上什么都不做，怕是不肯尽心辅佐我。因此，汉惠帝就想委婉地提醒一下曹参。

有一天，刚好曹参的儿子曹窋入朝，汉惠帝便专门召见了曹窋，对他说："你休假在家的时候，不妨多陪陪你的父亲，顺便把朕的话想办法转达给你的父亲。你问问你的父亲：'高祖皇帝刚刚驾崩不久，现在的皇帝十分年轻，尚且缺乏治理国家的经验，正是需要相国好好辅佐的时候。可是您身为相国，只是日日饮酒，完全不理会朝政，这样下去，国家怎能被治理好呢？'你就这样说，但是不要告诉他这是我让你去问的啊！"曹窋领旨。

等到下次休假回家，曹窋便按照汉惠帝的吩咐询问了自己的父亲。不料曹参听后勃然大怒，命人拿鞭子抽了曹窋二百下，并说："赶紧进宫侍奉皇上吧，国家大事不是你应该关心的。"

等到上朝的时候，汉惠帝见到曹参，他已经知晓曹窋因为按照自己的意思询问父亲而被鞭打的事，便责备曹参说："上次是我让曹窋规劝你的，你怎么不分青红皂白就把他打了一顿呢？"曹参听后连忙下跪脱帽，请罪说："臣斗胆请陛下您仔细想一下，您与高祖皇帝相比，是谁比较英明神武呢？"汉惠帝不解，忙说："我怎么敢与先帝相提并论呢？"曹参接着说："那么陛下您觉得我与萧相国相比，谁更加贤能呢？"汉惠帝直言："那自然还是萧相国更胜一筹。"于是曹参继续说："陛下您说得很对。既然如此，昔日高祖皇帝与萧相国共同平定了天下并制定了十分严明清晰的法令，如今陛下只需垂衣拱手，而我等作为臣子的也只需谨慎地履行自己的职责，只要将原有的法度好好遵守下去而不去随意更改，国家不是就会继续和谐地发展下去吗？"汉惠帝听后，觉得曹参说得也有道理，于是便说："你说的朕明白了，可不必再说了。"

于是，曹参担任相国三年，只是按照萧何制定的法令行事，不去过多地烦扰百姓，清静无为，使得西汉的经济与政治都得到了和谐稳定的发展。

直不疑买金偿失主

　　直不疑，河南南阳人。汉文帝在位的时候，他曾担任郎官一职。

　　有一次，与他同房的郎官中有一人请假回家，可是这个人临走的时候因为着急，不小心错拿了另外一个郎官的黄金。后来，黄金的主人发现自己的黄金不见了，就怀疑是当职的直不疑拿走的。他找直不疑对质，直不疑尽管知道这件事与自己没有关系，但是也没有做出任何辩驳，而是买来了同等的黄金，把它交给了失主从而平息了这件事。

　　几天之后，请假回家的郎官回来了，因为回家后发现自己错拿了别人的黄金，就赶忙把错拿的黄金交还给了失主。而这个丢失黄金的郎官十分惭愧，知道自己错怪了直不疑，于是便赶忙向直不疑道歉。直不疑却十分大度，也没有任何怨言。因此，远近的人都称赞直不疑忠厚。

后来，直不疑升职做到了太中大夫。有一次上朝的时候，一位官员故意诽谤他说："直不疑虽然相貌很美，但偏偏干出不齿的事，他竟然要与自己的嫂子私通！"直不疑听后，也不生气，只是平静地说："我没有兄长。"仅此而已，没有为自己更多地辩白。

直不疑十分喜欢阅读《老子》一书，学习的是黄老之道，因此总是十分平和，与周围的人和事都保持和谐。因为他不喜欢树立名声，所以无论到哪里做官，他总是不愿让人们知道他做官的事迹。因此，直不疑被人称为有德行和厚道的人。

汉文帝和治天下

汉文帝刘恒是汉高祖刘邦的第四子。高祖平定代地后，便立他为代王，建都中都。在他做代王的第十七年，吕后去世，大臣们因为吕氏家族想要作乱便诛灭了吕氏全族，并商议召代王来都城，立为皇帝。刘恒从代地来到都城，即位不久，就广施德惠，安抚诸侯和四方少数民族，百姓都很欢欣融洽。

汉文帝非常仁爱，希望以一种和谐的方式来治理天下。他首先废除了连坐制。当时，汉文帝说："法律是治理国家的准则，目的是用它来禁绝残暴，引导人们向善的。现在犯法定罪后，却要使无罪的父母、妻子、兄弟连坐，还要收没妻子、儿女为官府奴婢，我是非常不赞成这种做法的。现在大家讨论一下这个问题吧。"

官员们都说："百姓不能约束自己，所以制定法律来管理他们。互相连坐，收没妻子、儿女为官府奴婢，以此来束缚百姓的心理，使他们不敢轻易触犯法律，这种做法由来已久，像从前一样的做法是适宜的。"汉文帝则反驳道："我听说法律公正则百姓忠厚，论罪量刑得当则百姓顺从。管理百姓而引导他们向善原本就是官吏的职责。如今官吏既不能加以引导，又采用不公正的法律去论罪，这只会使百姓为暴作乱，法律怎么能禁止得了呢？我看不出这种法律有什么合适的。请你们再好好考虑考虑。"于是官员们都说："您对民众的恩惠浩荡，德泽深厚，不是我们臣下所能赶得上的。让我们谨奉诏书，废除一人有罪，妻室收没为官府奴婢和一些互相连坐的法令。"

汉文帝后元二年（前162）说："我并不英明，不能远施德泽，所以致使中原以外的地方不得安宁。四方荒远地区的百姓不能平平稳稳地生活，内地的百姓辛勤劳苦，不得安居，这两种过错，都是由于我缺少道德，不能使德泽流布远方。最近匈奴连年侵害边境，杀死很

多官吏和民众，边地的官员和将领又不能理解我内在的心意，以致加重了我的不德。这样长期交兵，灾难不断，中原内外如何能得到安宁？如今我早起晚睡，辛苦操劳天下大事，为千千万万的百姓感到愁苦，心里忧惧不安，没有一天能够把这件事情忘却。所以派出的使者络绎不绝，道路上冠盖相望，车辙盘结，让它们去向匈奴单于说明我的想法。现在单于回到了原来正确的道路上，考虑社会安宁，为千万民众谋求利益，亲自和我一起抛弃那些细小的过失，在正确的原则上团结一致，结下兄弟般的情谊，来保全天下善良的民众。"

汉文帝一心一意致力于用道德教化百姓，因此，四海之内，殷实富足，兴起了讲究礼仪的风气，国家也更加和谐有序，开启了"文景之治"。

缇萦救父废肉刑

缇萦，山东临淄人。西汉名医淳于意的女儿。淳于意原本在朝为官，因为不喜欢官场中的尔虞我诈，便辞官回乡，跟随公乘阳庆学习医术。学成后，就在当地行医，他经常给付不起医药费的病人看病，医术高且德行好，很受当地百姓的爱戴。

有一次，淳于意要外出几天，便在大门贴了"有事外出，不能看病"的告示。不巧的是，有一位达官贵人得了重病，特意前来请淳于意看病，却只看到了门口的告示。可是谁也不知道淳于意去哪里办事了，所以达官贵人的家仆也只能满街瞎找。这个病人却因为病得太重，死在了淳于意的家门口。家属十分恼怒，便把淳于意告到了县衙，控告淳于意治病治死了人。

不久，淳于意回到家，还没等他弄清楚怎么回事，就被守在门口的官兵抓走了。经过审讯，县官给淳于意判了刖刑。因为淳于意曾经做过官，所以对其用刑还得经过汉文帝的批准，就这样，淳于意被押解去往京城长安。

淳于意被抓走后，他年仅十五岁的小女儿缇萦一直为父亲的事四处奔走，但也无济于事。她知道病人的死与父亲毫无关系。如果真的被砍掉双脚，年迈的父亲恐怕性命不保。当得知父亲即将被押解到长安时，她坚持要与父亲一同前往。她决定面见汉文帝，替父申冤。

经过一个月的长途跋涉，缇萦跟着父亲的囚车来到了长安。父亲被关押至大牢后，缇萦即刻向汉文帝上书，恳请汉文帝查清事情的始末："我父亲为官，齐国地区的人都称赞他廉洁公平，如今犯法应当受罚。我悲伤于已经死去的人不能复活，身受刑罚的人断裂了肢体，虽然想改过自新，也无路可走。我愿意被收入官府为奴婢，来抵赎父亲的刑罪，使父亲能改过自新。"

汉文帝看到缇萦的上书后，哀怜她的心意，于是下旨："听说有虞氏时期，在罪犯的衣帽上画出特别的图案，使之与一般人不同，以此来羞辱罪犯，而民众因此就不敢违反法令。这是什么原因呢？是因为政治极端清明。现在法律规定有三种肉刑，而犯法的事情却不能禁止，是什么原因呢？不就是我的德行教化不显著的缘故吗？我深感惭愧。因为训导不善，愚昧无知的民众就会犯罪。《诗经》中说'平易近人的君子，是民众的父母'。现在人们犯了错，没有进行教育就刑罚加身，有的人想要改过向善，也没有途径可行。我非常怜悯这些人。刑罚之重，甚至于断裂肢体，刻肌刺肤，终身不能恢复，这是多么痛苦而又不道德啊！应该废除肉刑。"

于是，经群臣商议，汉文帝废除了肉刑，改用其他的刑罚。不仅缇萦的父亲免受肉刑，其他的犯人也免受损害身体的刑罚。汉文帝的宽仁，也使得当时的社会更加和谐稳定了。

张骞通西域

张骞，西汉著名的外交家。建元年间，张骞被任命为郎官。当时投降过来的匈奴人都说，匈奴攻破大月氏，用大月氏国王的头作酒杯，大月氏人因此非常怨恨匈奴，就是苦于没有人和他们一起打击匈奴。汉朝正想要消灭匈奴，听说此事后，想要派出使者去大月氏，于是招募能够出使的人。张骞以郎官的身份应募，出使大月氏，由甘父做向导，带队从陇西出发。途经匈奴，张骞一行人被匈奴人抓获。单于说："大月氏在我的北边，汉朝人怎么能从我们这儿过路，往那儿出使呢？我如果想派人出使南越，汉朝肯任凭我们的人经过吗？"于是张骞被扣留了十多年。匈奴人迫使他娶妻，并有了儿子，然而张骞仍持汉节不失使者身分。

后来，张骞带领他的部属一起向大月氏逃亡，来到了大宛。大宛国王听说汉朝物产丰富，想和汉朝交往，可一直找不到机会，见到张骞非常高兴，问他要到哪里去。张骞说："我替汉朝出使大月氏，而被匈奴封锁道路，现在逃亡到贵国，希望大王能派人带路，送我们去大月氏。"大宛国王派了向导和翻译人员，将张骞等人护送至康居，后到达大月氏。这时，大月氏已经令大夏臣服并统治着它，土地肥沃，物产丰富，没有外族侵扰，悠闲安乐，又自认为距离汉朝遥远而不想亲近汉朝，全然没有向匈奴报仇的意思。张骞始终得不到大月氏国王明确的表示。

返汉途中张骞又被匈奴人抓获，被扣留了一年多。后来趁着单于死了，匈奴国内混乱，张骞便带着他匈奴籍的妻子以及甘父一起逃跑回到了汉朝。当初，张骞出发时有一百多人，离汉共计十三年，最后只有他们二人得以回还。

后来，张骞以校尉的身份追随大将军卫青攻打匈奴，他凭经验知道哪里有水源和牧草，军队因此能够减

少困乏，于是朝廷封张骞为博望侯。第二年，张骞担任卫尉，与汉将军李广一起从右北平出发攻打匈奴。李广到达后，被匈奴军队包围，汉军兵士损失逃亡很多。张骞由于晚于约定的日期到达，贻误了战机，罪当问斩，他用爵位赎免死罪，被贬为平民。

皇帝多次问张骞有关大夏等国的情况。张骞回答说："联合了乌孙之后，那么在乌孙以西的大夏等国就都可以招引来成为我们境外的臣民。"皇帝认为他的话有道理，于是授予他中郎将的官职，出使乌孙国。

张骞到达乌孙国后，乌孙王昆莫接见汉朝使者的礼仪同接见匈奴单于使者的一样，张骞觉得受到了莫大的耻辱。他知道乌孙王贪爱汉朝的财物，就说："天子送礼物给你，你要不叩头拜谢就请把东西退回。"于是乌孙王才起身叩头接受了礼物，但其他的礼节还是照他们的原样。当时，乌孙国臣服于匈奴已经很久了，并且因为离匈奴很近，大臣们都害怕匈奴，乌孙王不能独断专行。关于与汉朝的联合问题，张骞没能得到他们明确的答复。

张骞于是派遣副使出使大宛、康居、大月氏、大夏以及邻近的各个国家。乌孙王就派向导和翻译送张骞回汉朝。张骞带着乌孙王派遣的几十个使者和几十匹好马返回长安回复答谢汉天子。乌孙王让使者们趁机察看汉朝的虚实，看看汉朝到底有多大。使者们回去后，乌孙王才下决心与汉朝友好交往。

张骞回到汉朝后，被封为大行令，位列九卿。一年后，张骞去世。

张骞开辟了通往西域的通道，从此以后汉朝与西北方向的国家开始互通往来，加强了汉人与其他少数民族的和谐交往。

大树将军冯异

  冯异，字公孙，东汉时期著名的将军。他为人谦虚，待人和气，懂得尊重和爱护兵士。

  王莽篡汉后不久，天下大乱，各地群雄纷纷起兵反抗。彼时刘秀还尚未称帝，冯异便是跟着刘秀起兵的重要将领。作为一军之统帅，冯异从不以高位自居，十分尊重手下的兵士，每次战争胜利论功行赏的时候，冯异也从不居功，常常将功劳归于那些下级军官和普通士兵，让他们得到奖励或提拔。冯异为人谦让，路上与其他将领相遇时，他总是让自己的车到路边避让。每次军队停下来休息时，将领们都坐在一起谈论战功，冯异却独自避坐在大树下，于是将士们便给他起了一个亲昵的外号——大树将军。

　　冯异十分善于体察兵士的难处。有一次在行军途中，由于天气寒冷，将士们饥寒交迫。冯异看着大家一个个疲惫的样子，心中不忍，便命人煮了一大锅豆粥，分给大家喝。兵士们喝了热腾腾的豆粥，顿觉身上暖和起来，肚子也不空了，便又有了士气。还有一次，在行军路上遇到了大雨，将士们淋了雨，被冻得瑟瑟发抖。冯异见状没有急于行军，而是找了一个可以避雨的地方，点上篝火，让大家先暖暖身子，再把衣服都烤干，等雨停了才继续前进。正是因为冯异善于与兵士们和谐相处，懂得关心、爱护兵士，因此兵士们都很敬重冯异。打仗的时候，冯异所率领的军队令行禁止，战斗力很强，总能打胜仗。

　　后来，刘秀登基，派冯异平定关中，百姓们都称他为"咸阳王"。有人心生嫉妒，上书说冯异在关中十分专制，有很高的威望，百姓都十分拥戴他。冯异得知此事后，十分惶恐，连忙上书向皇帝辩解。谁知汉光武帝刘秀对冯异并无半点怀疑，下诏说："将军您对朝廷尽职尽责，与我情同父子，有什么值得我怀疑呢？您也不

必惊恐。"称说自己与冯异乃是义则君臣、恩如父子，因而让冯异根本无须在意他人的闲话。汉光武帝刘秀之所以对冯异如此信任，也是当初冯异与将士和谐相处、团结一心的缘故啊！

梁鸿孟光举案齐眉

东汉时期有一位名士叫作梁鸿。他在很小的时候就没了父亲，家里十分贫寒。待稍微年长得以去太学学习，他十分珍惜可以读书的机会，博览群书，最终成为一位饱学之士。

梁鸿为人善良，在当地有着很好的名声。到了婚配的年龄，不少大户人家都想着与梁鸿结亲，把自己的女儿嫁给他。不料梁鸿对这些富家千金并不是十分感兴趣，一一回绝了。与梁鸿同县的有一户姓孟的人家，家里有一个女儿，名叫孟光。孟光虽然没有姣好的面容，但是生性质朴，也十分能干，不愿意随便嫁给草草匹夫，因此三十多岁了还没有择定配偶。孟光的父母很着急，便问她到底喜欢什么样的人。孟光想也不想便回答说："我只想嫁

给像梁伯鸾〔梁鸿，字伯鸾〕那般既有德行又有文采的人。"后来，梁鸿听闻此事，对性格直爽善良的孟光也很满意，便即刻下聘礼迎娶了孟光。

　　梁鸿与孟光二人婚后情投意合，生活一直很和谐。丈夫耕地干农活，妻子在家织布做饭，有了闲暇时光，两个人就一起读书弹琴，十分恩爱幸福。

　　后来，梁鸿因不满当时朝廷的腐败，便与妻子孟光一同隐居在深山之中。为了生计，梁鸿隐姓埋名在有钱人家干活。每当梁鸿回到家中，孟光已经将饭菜做好，为梁鸿端去饭食的时候，总会把装饭菜的托盘举得和自己的眉毛一样高，以表示对丈夫的尊敬。而梁鸿并没有因为孟光是自己的妻子便觉得她所做的一切都是理所应当，每次孟光为自己端送饭食，梁鸿都要鞠躬并双手接过托盘，以表示对妻子的感谢和尊重。

　　后来有人看到夫妇二人递饭食的场景，不禁感慨二人夫妻关系的和谐，"举案齐眉"也成了一段夫妻恩爱和谐的佳话。

王吉休妻与东邻伐树

　　王吉是汉宣帝时的谏议大夫，为人耿直。当时汉宣帝倚重外戚，任人唯亲。这些人毫无工作能力，为人还十分傲慢无礼。王吉对此非常不满，便向汉宣帝上书，建议废除荫袭制度，选贤任能。汉宣帝却不以为意，还认为王吉管得太宽，便不再搭理王吉。经过此事，王吉也认为汉宣帝并非明主，便称病辞官了。

　　辞官后的王吉，在长安租了个房子住了下来，每天过着悠闲自在的生活。秋天的时候，枣子成熟了，王吉的妻子每天都会洗上一盘枣子，端来给王吉吃。王吉以为这是妻子在集市上买的枣子，便也一直乐得坐享其成。不料有一天，王吉在自家院子里散步，居然看到妻子在院子里打枣，而自家院子里根本没有种枣树，妻子

打下来的枣子是邻居家枣树伸过来的枝丫上结的。王吉见状非常生气，怒斥妻子说："你怎么能从邻居家的树上打枣？"妻子看到王吉如此生气，十分不解："这些枣子是在咱们自家院子里打下来的啊！既然在咱们自家院子里，不就是咱们自家的枣子吗？"王吉见妻子吃了别人家的枣还这般理直气壮，更为恼火，一怒之下竟要休妻。而妻子觉得十分委屈，哭着跑回了娘家。

种枣树的邻居，听说王吉和妻子竟然因为自家枣树的事吵架，心里觉得过意不去。他觉得那些枣子反正自家也吃不完，因为这样的小事就让邻居王吉一家夫妻不和，实在是不值得。于是，便拿了斧子要把这棵枣树砍掉，并让王吉不要生妻子的气，赶紧把妻子接回来。得知此事后，其他街坊邻居也纷纷前来劝解。王吉这才接回妻子，并诚恳地向邻居道歉，并劝邻居不要砍掉枣树。邻居便也不再坚持砍掉枣树了。

这件事之后，王吉一家与邻居的关系更加和谐了。人们还编了一首歌谣来称赞这件事："东家有树，王阳妇去。东家枣完，去妇复还。"

昭君出塞

汉宣帝时，汉朝国力强盛。当时北方的匈奴内部斗争激烈，势力逐渐衰落，最后分裂为五个单于势力。其中有一个单于，名叫呼韩邪，一直和汉朝交好，约定"汉与匈奴为一家，毋得相诈相攻"，并曾亲自带领部下来汉朝拜见汉宣帝。汉宣帝去世后，汉元帝即位，公元前33年呼韩邪单于再次来到长安，请求同汉朝和亲。汉元帝同意了这一请求，决定挑选一个宫女作为公主嫁给呼韩邪单于。

后宫里有很多从民间选来的宫女，整天被关在皇宫里，她们很想出宫，却不愿意嫁到匈奴去。管事的大臣很着急。这时，有一个名叫王嫱（又叫昭君）的宫女毅然表示愿意去匈奴和亲。她长得十分美丽，又很有见

识。管事的大臣听到王昭君肯去，急忙上报汉元帝。汉元帝就吩咐大臣选择吉日，让呼韩邪和昭君在长安成了亲。对于这位年轻美丽的妻子，单于很满意。

王昭君在汉朝和匈奴官员的护送下，冒着塞外刺骨的寒风，千里迢迢来到匈奴地域，做了呼韩邪单于的妻子，被封为"宁胡阏氏"（阏氏，意思是"王后"），象征她将给匈奴带来和平、安宁和兴旺。

王昭君慢慢习惯了匈奴的生活，和匈奴人相处得很好。她一方面劝单于不要打仗，另一方面把中原的文化传给匈奴，使匈奴和汉朝和睦相处了六十年。王昭君去世后葬在匈奴人生活的大青山，匈奴人民为她修了坟墓，并奉她为神仙。昭君墓即青冢。

王昭君为了祖国的长久安定，远嫁匈奴，使汉朝和匈奴和平共处六十多年，呈现出和谐安宁的局面。

郑玄谦让成人之美

郑玄是东汉末年的儒学大师，也是汉代经学的集大成者。郑玄小时候家境贫寒，他的祖父与父亲都以务农为生，而小郑玄也只能每天辛苦地在田间干活。尽管如此，郑玄在干活之余，总是捧着从别人那里借来的书读得津津有味。郑玄勤奋好学也很会写文章，所以慢慢地在当地便有了名气，大家都称小郑玄为神童。

读书乃是郑玄的兴趣，他从不以为掌握了更多的知识与才学就高人一等。郑玄十二岁的时候，曾跟随母亲一起到外祖父家做客。当时那些宾客衣着华贵，处处展露自己的才学，夸夸其谈。可是郑玄衣着不如他们光鲜，坐在一旁也不说话，似乎很不合群。母亲看到后，不禁心疼地对郑玄说："你怎么不去和他们一起聊天

呢？虽然咱们家不如他们富有，可是我相信你的才学在他们面前是有炫耀的资本的！"可是郑玄却不以为意地说："母亲，读书学习并不是为了炫耀，我们没有必要和他们一样拿学识耍嘴皮子。"母亲听后很是欣慰，觉得自己的儿子小小年纪就这样内敛与沉稳，将来一定会有大出息。

郑玄十分喜欢研读《春秋左氏传》，为此，他收集了很多资料，打算为《春秋左氏传》作注。有一次，他外出游学，在所住的旅店里遇到了后来的经学大家——服虔。当时二人尚不相识，但是一天郑玄回到旅店时偶然听到服虔在和别人谈论注释《春秋左氏传》的话题，一下便引起了郑玄的兴致。于是郑玄暗暗听了很久，发现服虔谈到的很多观点和自己对《春秋左氏传》的认识十分相似，便忍不住上前，与服虔攀谈起来："刚才听到您说为《春秋左氏传》作注的事，其实我也一直打算给《春秋左氏传》作注，并且已经收集了很久的资料，书也写了一大半了。偶然听到你们的谈话，发现我的想法竟然很多都与您不谋而合呢！我想了想，既然如此，咱们两人也没有必要都把精力花费到对《春秋左氏传》的注释上了，不如我把已经完成的书稿和收集到的相关资料都给您，由您完成对《春秋左氏传》的注释吧！"说着，郑玄就将自己的书稿与资料悉数拿出来赠给了服虔。服虔接过后大吃一惊，赶忙说："先生您可否告知大名，将来我写好书后，署上咱们两个人的名字。"谁知郑玄完全不在意："书稿完成后，只要署上您的姓名即可，只要完成对《春秋左氏传》的注释，我就觉得很高兴，署名不署名，并不是我所在意的！"说完便离去了。于是，后来便有了著名的《春秋左氏传》服虔注本。

郑玄一生高尚谦逊，治学严谨且不慕虚名，在与服虔相交之后，欣赏其在《春秋左氏传》方面的学问与见识，毫不吝啬地将自己辛苦研究的成果全盘相赠。也正是这种谦让且成人之美的品质，让郑玄能够与同窗、同僚始终和谐相处，最终成为一代大师。

寇恂贾复共车结友

寇恂出身世家大族，曾担任王莽新朝上谷郡的功曹。更始二年（24），寇恂投奔刘秀，被授予偏将军，是后来东汉的开国功臣。

刘秀称帝后，寇恂被派去镇守颍川地区，担任颍川太守。因为当时汉军军纪比较松弛，寇恂决心要好好治理一下军队，要求严肃军纪，如有违犯军法者，皆要严格处罚。

有一次，一位部将在寇恂的管辖区里杀了人，寇恂得知后，立刻派人将此人逮捕入狱，并且按照军法将此人处以死刑。但是，这位部将乃是时任执金吾的贾复的手下，贾复在得知此事后，心里十分不痛快。他认为自己与寇恂同为带兵的大将，然而寇恂却毫不给自己面

63

子，随意便处死了自己的部下，真是岂有此理。贾复当即声称，如果哪天见到寇恂，一定要手刃此人。

没过多久，这个机会就来了。一次，贾复从汝南返回洛阳时，恰巧会路过颍川，于是贾复便想借此机会到颍川杀了寇恂。而寇恂在得知这个消息后，为了避免与贾复发生冲突，便躲起来不见贾复。寇恂的外甥谷崇见到自己的舅舅如此小心怕事，心里很是不快，说："贾复的部将杀人违法在先，按照律令理应处死他，现在是贾复无理，舅舅您何必要害怕贾复呢？我也是一名将领，可以佩带宝剑侍奉在舅舅您的左右。倘若贾复他敢轻举妄动，我也是可以保护好舅舅您的！"听了谷崇的话，寇恂只是看了他一眼，淡定地说："不可以像你说的那样。过去蔺相如连秦王都不害怕，却愿意屈尊于廉颇，这是为了国家和谐的缘故呀！"谷崇听后觉得舅舅说的似乎也有一定道理，便没有再说什么。

为了缓和与贾复的矛盾，寇恂特意准备了精美的菜肴与美酒，并命令属下带着这些东西到颍川，待贾复一行人一到，就送给他们享用。

贾复带着自己的人马，气势汹汹地来到颍川，原本准备与寇恂大战一场。然而刚到颍川地界，就看到一群人拿着酒菜迎了上来，说是为执金吾一行人接风洗尘。原本长途跋涉就让贾复一行人疲惫不堪，如今见到好酒好菜，也乐得享用。可是，等这一顿酒菜享用完毕，贾复想要再去找寇恂厮杀却也不行了，因为他的兵士一个个都醉倒在了地上。贾复没有办法，只好作罢，另做打算。

　　过后，寇恂便派遣谷崇前往洛阳向汉光武帝刘秀求助。刘秀在得知事情的经过后，很是不安，毕竟寇恂与贾复都是国之大将，如果他们有了嫌隙，对国家的安定是非常不利的，便想着做个和事佬，帮此二人言归于好。

　　于是，刘秀派人将寇恂召回了朝廷，并趁着贾复在的时候召见了寇恂。贾复看到来人是寇恂，一下子变了脸色，想要回避。刘秀一把拉住贾复，说："贾爱卿莫走莫走。如今天下尚且没有完全安定下来，你们作为朝廷重臣，怎么能因为私怨而生了嫌隙相互争斗呢？今天你们二位都听朕的，就快快握手言和吧！"刘秀恳切的态度让寇恂与贾复都十分感动，尤其是贾复，昔日的怒气也消了大半，又想到自己竟然为了一点小事就要杀死寇恂，着实惭愧不已，哪里还有什么气，于是便拉着寇恂的手连声道歉，责怪自己没有为大局考虑。二人的嫌隙就此化解，走的时候坐上了同一辆车，并且成了很好的朋友。

王祥与王览兄友弟恭

　　王祥，字休徵，是魏晋时期著名的大臣。王祥从小性情温和，宅心仁厚。他的生母薛氏在他年幼的时候就去世了，父亲便续娶了朱氏。可是继母朱氏对王祥很不好，还经常跟王祥的父亲说他的坏话，以致王祥的父亲也渐渐开始讨厌他。尽管如此，王祥对父亲与继母并没有什么怨言，而是更加小心地侍奉父亲和继母，尽量不惹他们生气，努力维系着家庭的和谐。

　　后来，继母给王祥生了一个弟弟，名叫王览。王览从小就是一个很懂事的孩子，每当他看到自己的母亲打骂哥哥，总是抱着母亲哭泣，再长大些，则常常劝阻母亲不要总是打骂哥哥，还表示愿意和哥哥一起受罚。因此，王祥从小也十分疼爱这个弟弟，二人十分友爱。每次朱氏让王祥干苦活累活的时候，王览就帮着哥哥一起干，这样母亲也不好对王祥干的活指指点点了，减少了很多家庭矛盾。

王祥的父亲去世后，王祥因为孝敬父母、团结兄弟在乡里颇有名气。继母朱氏因此心生嫉恨，想要毒死这个继子，于是便偷偷地把毒药放进王祥要喝的酒里。这一幕恰好被王览看到了，等母亲把毒酒送给王祥后，王览连忙去王祥那里要把毒酒拿回来。王祥看王览这般着急地要拿走酒，也觉得事情不妙，他很害怕弟弟喝了会有什么不测，于是便和弟弟抢起酒来。朱氏听到兄弟二人争抢毒酒的声音，吓得赶紧扑过来把毒酒夺走倒掉了。之后，每次吃饭，王览就和哥哥一起，朱氏便再也不敢下毒了。而王祥虽然知道朱氏想要加害自己，也并没有怨恨朱氏，一如既往孝敬朱氏。王祥的宽厚与王览的友爱，使得王家在各种矛盾之下依旧可以和谐相处。

将继母养老送终后，王祥被徐州刺史吕虔聘去担任别驾一职。王祥本来不舍与弟弟分离，不打算去就职，可弟弟王览不想因为自己耽搁了哥哥的前程，便亲自为

哥哥打点行装，送哥哥去上任。王祥上任后，取得了很好的政绩，当地百姓也十分敬重他。王祥与王览的兄弟友爱，也受到皇帝嘉奖，为世人所称颂，称他们是兄友弟恭、家庭和谐的典范。

石勒宽仁不记仇

　　石勒，上党武乡（今山西省榆社县北）人，十六国时期后赵的开国皇帝。石勒从小家里贫苦，只能替人耕地、干活维持家里的生计。当时武乡一带有很多人种植亚麻，织成麻布来卖钱。亚麻收获后，需要放在沤麻池里沤一段时间，这样麻秆才更易剥离，变得更加柔软。当时，石勒替人在沤麻池里沤麻秆，和一个叫李阳的邻居共同使用一个沤麻池，两人年轻气盛，为了沤麻的事，经常吵架，甚至相互殴打。

　　后来，石勒被乱军抓了壮丁，此后家里便再也没有收到有关石勒的消息。李阳再去沤麻的时候，不免想到之前的事，心里很不是滋味。于是，他便常常去石勒家帮忙干活。石勒父母年纪大、腿脚也不方便，根本干不

了重活，幸好有李阳的帮助，石勒父母的生活才有所保障。

过了很久，乡里突然传来石勒的消息，说石勒已经当上了赵国的国君，派人来接父母和乡亲一起去赵国国都襄国（今河北省邢台市）生活！李阳听说后，大吃一惊，想起昔日和石勒为争抢使用沤麻池而大打出手的事，心里害怕极了。可是石勒派来的人不由分说，带着石勒的父母和乡亲们出发去往襄国。石勒的父母拉着李阳，说什么都要让他一起去。

终于到达襄国，大家都进入宫殿与石勒闲话旧情，李阳却因为害怕，不敢进殿，只在殿外徘徊。谁知石勒跟乡亲们聊着聊着，竟然问起了李阳，说："怎么没有见到李阳，他没有来吗？"乡亲们笑嘻嘻地说："来是来了，只不过他在殿外不敢进来见您呢！"石勒听后大笑："这是干什么，李阳可是个好人，快快请他进来！"于是大家招呼着李阳让他赶紧进殿。李阳怯生生地问石勒："您不怪我当年跟你争沤麻池打架的事吗？"石勒大笑："没想到你还这般记仇啊？过去打过几架，你这现在还记着呢！"这一句吓得李阳又连连跪拜。石勒却说："那都是年轻时候的小事，李兄就不要放在心上了！再说，我不在家的日子，是你一直替我照顾父母，不也没有对昔日打架的事记仇吗？放心吧！"接着便拉起了李阳的手，与他把酒言欢。后来石勒把李阳留下，让他担任参军都尉，二人相处也一直很融洽。

管宁置器井旁待人汲

管宁是春秋时期著名宰相管仲的后人，是东汉末年三国时期的著名隐士。东汉末年天下大乱，管宁与邴原、王烈等人在辽东避世，只谈经论道不问世事。

管宁与人为善，常常以自己的行动感染着村里的人，使他们懂得与人要和睦相处。

管宁居住的村子里只有一口水井，村民们只能来这口水井取水。大家常常会因为打水的事情争吵，比如应该谁先打水，谁打水太慢，等等，导致邻里关系变得十分紧张。管宁见后，觉得这些都是小事，大家不应该为此而闹得不愉快。于是，他便买了许多盛水的器具，每天悄悄地在器具里盛满水，分开放在水井的旁边，让人们方便取用。来打水的人看到已经打好的水感觉很奇怪，后来才知道，原来是管宁为了邻里和谐才这么做的。于是大家纷纷为自己之前因为打水而互相埋怨争吵的事自责不已，之后也不再为打水的事情而争吵了。

有一次，邻居家养的牛跑到管宁的田地里，踩坏了地里的庄稼。管宁看到了，也没有生气，只是把牛从田地里牵到树荫之下，还亲自拿来饲料喂牛，最后把牛牵回邻居家还给了邻居。牛的主人得知后，感到十分惭愧，表示会管好自己的牛，不再给别人添麻烦。

后来，在管宁的感召下，村民之间关系变得更加融洽和谐了，管宁也颇受村民们的爱戴。

桑虞宽大为仁

桑虞是东晋魏郡黎阳人。他为人宽厚仁义，且德行出众。桑虞十四岁的时候，父亲去世了，他因为哀伤，每天竟然只用百粒大米来充饥。姐姐心疼他，便劝桑虞说："我知道父亲去世让你十分伤心，然而，因为对父亲的哀悼而不好好吃饭，使得身心俱遭损伤，难道不也是对父亲的不孝吗？因此，弟弟你要懂得克制呀！"桑虞听后觉着姐姐说得很有道理，并且立马认识到，父亲去世，作为男子的自己理应担负起家庭的重担，如果仅是日日哀伤，不好好吃饭，又怎么能够照顾好自己的家庭呢？于是桑虞便振作起来，化哀痛为动力，认真经营起了父亲给自己留下的家业。与此同时，桑虞还常常去帮助穷困的乡亲邻里，在当地有着很好的名声。

桑虞家有一片很大的瓜田，每年不等瓜熟，就常常有人去桑虞家的瓜田偷瓜。这次，桑虞家的管家为了防止盗贼偷瓜，便在瓜田的周围布置了一圈长满利刺的荆棘。桑虞得知此事后，赶忙让管家移除了那一圈荆棘，称如果偷瓜的人因为受到惊吓而被这一圈荆棘刺伤就不好了。管家虽然不情愿，但是主人的命令也不得不从，只得把自己精心布置的荆棘又移除了。后来，偷瓜的人又来桑虞的瓜园偷瓜，等他兴高采烈地拿着偷摘的瓜准备离开时，才意识到自己这次偷瓜竟如此顺利，连前阵子看到的瓜园旁边的荆棘也不见了。这偷瓜贼仔细一琢磨，心想大概是桑虞知道了有人偷瓜的事，却特意令人拆除了荆棘丛，这是怕自己因为偷瓜而受伤啊！偷瓜贼感到非常羞愧，于是便将偷摘的瓜送还给桑虞，并叩头向桑虞请罪。谁知桑虞也不怪他，反而把这个瓜送给了他。这件事传开后，再也没有人去桑虞的瓜园偷瓜了。

还有一次，桑虞外出，寄宿在一个旅舍中。同住一个旅舍的客人因为丢失了几块肉脯，便疑心是桑虞偷走的。对方气势汹汹地找到桑虞，要求他归还肉脯。桑虞

也不说话，只是脱下自己的衣服作为补偿给了那个人。后来旅舍的主人得知此事，说："哎呀，我们这间旅舍经常会有丢失鸡鸭鱼肉的事，其实大都是狐狸叼了去，您怎么可以随便怀疑别人呢？"于是，旅舍的主人便带着肉脯的主人到山里的洞穴中寻找，果然找到了被狐狸叼走的肉脯。这位丢失肉脯的客人觉得冤枉了桑虞，十分惭愧，就想要把衣服还给桑虞。然而桑虞却毫不在意，早已经离去了。

　　桑虞就是这样一个处处与人为善，事事以和谐之道处理的仁义之人。

陶渊明笔下的和谐社会

陶渊明是东晋时期著名的诗人，他因在诗中大量书写和美宁静的田园生活而被认为是中国第一位田园诗人，还被称作"古今隐逸诗人之宗"。陶渊明晚年时曾写过一篇文章，名为《桃花源记》，在这篇文章中，陶渊明向我们展示了一片和谐美好的理想乐土。生活在桃花源中的人们，幼有所依，老有所养，人人通过自己的劳动就可以丰衣足食，过着安宁和睦的生活。当然，这不过是陶渊明想象中的一个世界，他所生活的时代，社会正处在频繁的动荡之中，统治者们的权力争斗给当时的百姓生活造成了巨大的痛苦与灾难。因此，陶渊明便在自己的头脑中构建了这样一个理想世界。陶渊明是如何描画这个世界的呢？我们一起来看一看吧！

东晋太元年间，武陵郡有一个渔夫，日日以打鱼维持生计。有一天，他划着小船沿着溪水行进，小船顺流而下，渔夫竟然渐渐忘记了路程的远近，偶然来到了一处从未到过的地方。只见这里溪流的两岸都长着茂密的桃花树，繁盛的桃花开满枝头，偶尔一阵微风吹过，桃花的花瓣纷纷飘落在草地上，真是美丽极了。渔夫看到眼前的景象惊呆了，因为他不曾想象，自己所生活的天地还有这样一处所在。于是渔夫继续划船前进，想要看看这片桃林的尽头是怎样一番光景。

将小船划到了桃林的尽头，渔夫发现，原来自己来到了这条溪水的发源地，水穷处有一座大山，而山上有一个小小的洞口，有一道亮光从洞口射出。于是渔夫下了船，在光线的指引下走入了山上的那个洞口。起初，这个洞口十分狭窄，只有一个人身量的宽度。又走了一段，道路骤然变得开阔而敞亮起来。只见眼前是一片平坦而宽广的土地，不远处有一排排整齐的房屋，环顾四周，还有肥沃的田地与美丽的池塘，桑树和竹林，一片碧绿。田间的小路纵横交错，鸡犬的叫声处处可闻。而在田地之间，男男女女来来往往地耕种劳作，他们身上的穿着和外面的人是一样的。老人与孩子在家门口或场院里安闲自在地坐着或玩耍，好不惬意。

这里的人看到渔夫缓步走来，因为没有人见过他，所以大家都很惊讶，便纷纷询问渔夫来自何处。渔夫便把自己如何来到这里的经过一五一十地告诉了这里的人们。有人邀请渔夫去家里做客，准备了好酒好菜招待他。村里其他人听闻有位外面的人来到这里，也都前来打探消息。据村里人说，他们的祖先乃是在秦朝末年为了躲避战乱，带着妻子儿女还有同乡的人们一起来到了这个地方。因为这里与外界可以完全隔绝，于是他们就再也没有出去，所以逐渐和外面的世界断绝了往来。村里的人问渔夫，现在是什么朝代了呀？渔夫告知了他们，他们竟然都不知道秦朝之后又有了汉朝，更不要讲后来的魏晋两朝了。于是渔夫就把自己在外面所知道的情况详细地给村里的人介绍了一番，村里的人听后亦十分感叹。后来，村里的其他人也分别邀请渔夫去家中做客，每一家都拿出很好的饭食酒肉招待渔夫。渔夫在这

里住了几天后，便向村里的人告别准备回家。临走时，村里的人叮嘱他说，千万不要把村里的事跟外面的人讲。渔夫连忙答应着。

渔夫顺着原路返回，找到了他停在溪水源头的小船，便顺着来时的道路划船归去。不过，渔夫并没有像答应村里人的那样准备保守这座村落的秘密，而是在返回的途中刻意做了记号，准备他日还能返回。等回到自己居住的地方，渔夫就连忙去拜见当地的太守，并向太守汇报了他的这番经历。太守于是派人跟着他，想要寻找到他所说的那片村落。尽管渔夫先前在路途中留下了记号，可是最终还是迷失了方向，再也找不到那片令人羡慕的桃花源了。

严世期抚孤养老

　　严世期是南朝宋人，家住会稽郡山阴县。他的家境
一般，手头也不甚宽裕，却依旧乐善好施，常常济困扶
危，当地的人都叫他"严善人"。

　　与严世期同住一里的一户张姓人家，家中兄弟三
人，他们的妻子同时生下了儿子，使得张氏一家一下得
子三人。本来这应该是一件值得庆祝的大喜事，但是兄
弟三人却十分发愁，毕竟自家贫苦，日子本身就过得紧
巴巴的，再加上连年灾荒，这一下多了三个新生儿，又
怎么能养活呢？于是，兄弟三人便商量着要不然把这三
个孩子丢掉吧。严世期得知此事，不忍孩子们被抛弃，
便拿出自己的衣服与食物分给张家三兄弟，帮助他们抚
养三个孩子。在严世期的帮助下，张家三兄弟最终还是

留下了三个孩子，而三个孩子也得以长大成人。后来，三个孩子对严世期都十分感念，把他当作自己的亲生父亲一样敬重。

与严世期同住山阴县的有一位叫作俞阳的老人，他去世之后留下家中九十岁的老妻庄氏和七十岁的女儿俞兰。严世期看到庄氏与俞兰在俞阳死后孤苦无依，生活难以自理，便把她们一起接到了自己的家里，悉心照顾，直到将两人送终落葬。

与严世期同族的严弘以及同乡人潘伯等十五人，因为灾荒没有饭吃而饿死，也没有亲人朋友替他们安葬，于是严世期便出钱买了棺木，为他们举行了葬礼，使他们得以入土为安，并将他们的幼子幼女接来家中抚养，直到孩子们长大成人并且成家立业。因而这些孩子也都把严世期当作自己的亲生父亲一般，感恩戴德。

严世期的仁义之举传遍了山阴县，而山阴县令也将他的事迹奏报给了朝廷，朝廷后来赐予严世期书写着"义行严氏之闾"的匾额以示表彰。多行仁义，和睦亲朋，是我们至今乃需要遵守的美德。

李世民君臣和谐

唐太宗李世民登基后一直励精图治，善于纳谏，乃是君臣和谐的典范。

魏徵原是李建成的太子洗马，之前经常给李建成出谋划策，劝谏李建成应当提防他的兄弟李世民，最好能杀死李世民，可是李建成顾念兄弟之情，并没有采纳魏徵的建议。玄武门之变后李建成被李世民所杀。李世民知道魏徵曾劝谏李建成提防自己，便把魏徵叫来，质问他说："昔日你为何要挑拨我和大哥之间的关系？"原以为魏徵会慌张害怕，不料魏徵却神情自若地说："倘若先太子当初肯听我的话，今日又怎会无辜被杀？"魏徵其实心里也害怕，早已做好被李世民处死的准备。谁知李世民听了他的话非但没有生气，反而夸赞魏徵敢于

直言，并任命他为谏议大夫。魏徵也被李世民的宽容大度所感动，从此跟随李世民，为李世民出谋划策、悉心劝谏，以补不足。除魏徵以外，李世民在玄武门之变后还重用了许多李建成的部下，并且都能令这些人诚心归附，为朝廷效力，最终成就了大唐盛世。

李世民总结历史经验，认为君臣关系和谐、上下同心乃是将国家治理好的基础，所以他在用人的时候，一直秉持用人不疑的原则。在他看来，如果既用又疑，臣子们便不会畅所欲言，这样下情往往无法顺利上达，更没有办法让臣子充分发挥他们的才能。同时，李世民对那些经常在他面前讲别人坏话的人也十分警惕。贞观十九年（645），李世民亲率大军征伐高句丽，令房玄龄在长安处理朝政。当时，有一位官员对房玄龄十分不满，想要弹劾房玄龄。房玄龄听后并不惊慌，派遣驿马带着这位官员一起去找李世民。此时，李世民刚刚到达洛阳，接见了这位说要弹劾房玄龄的官员后大怒，认为此人无端挑起事端，下令斩首示众，而对房玄龄没有半点怀疑。

唐太宗李世民能被称为一代明君，开创贞观之治，与他善于用人、君臣关系和谐有很大的关系。

裴矩真诚劝太宗

　　裴矩是隋唐时期的政治家、外交家。裴矩最早任职于北齐，后来杨坚称帝后，裴矩又为隋朝主持内史省事务并代理内史舍人。在此期间，裴矩在平定岭南、讨伐突厥及经略西域方面都多有成就。唐武德四年（621），裴矩归降唐高祖李渊。武德九年（626），李世民发动玄武门之变，同年八月继承帝位。此时裴矩已经年近八十，依然受到了唐太宗的重用。

　　唐太宗即位后，十分担心大臣们对自己言行不一，便想要用非常手段将那些有奸佞之心的人找出来。通过种种方式的试探，很多官员都没有经受住太宗的考验，面临被处死的境地。这时，裴矩便进谏太宗说："陛下，这些人犯了错误自然是不对。可是陛下您每每让人刻意试探，岂不是故意去陷害别人，这恐怕也不符合导德齐礼的古训！"太宗听后，觉得裴矩说得也十分有理，便不再用非正常手段试探官员了。唐太宗还对百官说："裴矩能够在朝堂上指出朕的错误，即使当面也没有因为朕的身份而改变自己的想法，假如事事都能这样，又怎么会发愁天下不被治理好呢？"

由此可见，要想让别人真诚地对待自己，那么先要用真诚的心对待别人，这样才能与他人维持和谐正向的关系。

恃才傲物引不和

　　杨炯乃是初唐的大臣、文学家，是初唐四杰之一，在文学史上颇有盛名。他自小就聪明，文采出众，因而就有些恃才傲物。

　　杨炯于唐显庆四年（659）进士及第，此时杨炯才十岁。第二年，杨炯便待制弘文馆。杨炯为人十分倨傲，常常看不起其他官员的矫揉造作，就称其他官员是麒麟楦。别人问他，为什么说别的官员是麒麟楦啊。杨炯回答说："你们没见到过那些玩杂耍的艺人牵着一头驴子，却给它戴上麒麟的头和角，再装饰一下皮毛，虽然看起来像个麒麟，被称作'麒麟楦'，但是脱了身上的装扮，不照样还是一头驴子。这就好像那些身披朱紫朝服的官员，脱了朝服毫无真才实学，那和披着麒麟装扮的驴子又有什么区别呢？"那些大臣得知杨炯的这番言论后，心里对杨炯十分记恨。这件事也大大影响到杨炯与同僚的和睦相处。

杜审言是唐朝著名诗人杜甫的祖父。他在唐高宗咸亨元年（670）进士及第，曾任隰城尉、洛阳丞等，后官至修文馆直学士。

杜审言年轻时就很有才华，但他有个缺点就是自恃才高、恃才傲物，把谁都不放在眼里，因此在当时得罪了不少人。苏味道在担任天官侍郎的时候，杜审言参加了官员选调的考试，这个考试是要求每人写一篇判文。杜审言写好判文后，出来就跟别人说："苏味道肯定快死了！"众人听了他的话，大吃一惊，忙问怎么回事。谁知杜审言却说："我写的判文那么棒，苏味道看到了这样好的文章，那还不得羞死了！"他还常常跟别人夸耀自己说："我写的文章是可以让屈原、宋玉给我当下属的，而我写的书法连王羲之都要自叹不如，对我下拜！"

然而这种恃才傲物的性格，却常常给杜审言的生活

带来麻烦。杜审言在吉州工作的时候，就因为得罪了员外司户郭若讷与司马周季重而被两人合谋诬陷，于是被判了死罪。杜审言的儿子杜并为了替父亲申冤报仇，竟然去刺杀周季重，而杜并也在行刺的过程中当场被侍卫杀死。虽然这件震惊朝野的事情保住了杜审言的性命，但是他的儿子杜并却死于非命。如果杜审言能够谦逊低调一点，善于与他人和谐相处，就可能避免这一场无妄之灾了。

郭子仪的勇与谋

郭子仪是唐代的中兴名将，曾在安史之乱中率军勤王，收复了河北、河东，后又收复长安、洛阳，力挽狂澜，屡立战功。

俗话说树大招风，因为郭子仪在安史之乱中立下赫赫战功，导致他在朝廷中多被小人嫉妒和排挤。唐肃宗宠信的内侍鱼朝恩，就屡屡向肃宗进谗言诽谤郭子仪，以阻碍肃宗对郭子仪的重用。唐乾元元年（758），安庆绪被唐军围困在相州，史思明便从范阳率军南下，准备救援安庆绪。史思明攻下魏州后先按兵不动以等待时机。于是李光弼便上疏请求进击魏州阻止史思明对安庆绪的救援。但是鱼朝恩却反对李光弼的主意。由于鱼朝恩的干预，六十万军队难以统一行动，最终导致唐军失

利。为了加强东都的防守，唐肃宗便诏令郭子仪留守东都。鱼朝恩因为嫉妒郭子仪的战功，竟然把相州之败归咎于郭子仪，而唐肃宗居然听信了鱼朝恩的谗言，把郭子仪调回京师，并且解除了他的职务。除此之外，鱼朝恩还屡屡构陷郭子仪，使得郭子仪在朝中行事颇受限制。

唐广德二年（764），仆固怀恩联合吐蕃、回纥、党项入侵唐朝。唐代宗无法，只得任用郭子仪抵御外侵。郭子仪称说，仆固怀恩虽勇猛，但是并不得人心，而且他的士兵不少都是自己以前的部下，长期受他的恩德，因此，不需要进攻他们，他们自然会改变主意。依郭子仪之计，敌军果然撤退了。

就在郭子仪与吐蕃作战时，鱼朝恩指使下人将郭子仪父亲的坟墓掘开了。郭子仪战胜回朝后，大臣们都担心他得知此事后会起兵造反。然而，当唐代宗告知郭子仪此事后，郭子仪非但没有勃然大怒，反而悲痛落泪说："我长期带兵打仗，因此不知毁坏过多少百姓的坟墓，如今我父亲的坟墓被人掘开了，可见这是天意啊！

这是上天对我的惩罚，并不是有人要和我过不去！"唐代宗听了郭子仪的话，长舒一口气。后来鱼朝恩请郭子仪赴宴，大家都劝郭子仪带些随从前往，以免鱼朝恩对他不利。然而郭子仪并没有当回事，只带了几个家仆便去了。鱼朝恩好奇郭子仪怎么如此胆大。郭子仪说："他人都说您邀请我来赴宴，是想对我不利，不过我觉得咱们既然同朝为官，侍奉皇上，又哪里有那么大的仇怨呢！"鱼朝恩听后十分感动，也不再为难郭子仪了。

和平使者文成公主

公元7世纪时，吐蕃的首领松赞干布十分仰慕当时
国力强盛的大唐王朝，因此主动与大唐王朝建立了友好
关系，并请求能够与唐朝联姻。当时唐朝的皇帝是唐太
宗，因为考虑到这是中央政府与吐蕃的首次友好往来，
便同意将文成公主嫁入吐蕃，即现在的西藏。

文成公主是一位饱读诗书、有智慧、有远见的公
主。她在嫁去吐蕃的时候，所携带的嫁妆既不是珠宝首
饰，也不是大量的钱财，而是谷物与蔬菜的种子，各种
各样的药材，唐朝人喜欢的茶叶，做工精巧的工艺品，
承载着各类知识的书籍，还有中原地区的各种能工巧
匠。

为了迎接文成公主的到来，松赞干布特地赶至柏

海，并在当地与文成公主举办了盛大的婚礼。当他们一起返回逻些城之后，城中的百姓更是载歌载舞，夹道欢迎。为了让文成公主能够尽快适应吐蕃当地的生活，减轻思念家乡的苦楚，松赞干布还专门按照唐朝的建筑风格为公主建造了居住的宫殿。

来到吐蕃的文成公主，并不只是为了做一位安逸的首领夫人，她更是要为吐蕃带去大唐王朝先进的文化与技术。于是，在文成公主与她从大唐带来的各种能工巧匠的指导下，吐蕃人民学会了先进的耕种方法，还掌握了酿酒、养蚕以及造纸等技术。在唐朝文化的影响下，吐蕃人民也开始建造住房而不再只是住在帐篷之中，穿起了更加轻便的棉布甚至丝绸做的衣服而不是只能用厚重的氆氇制作的衣物。文成公主带去的唐朝历法，可以帮助当地的百姓更科学地安排农业活动，大大提高了吐蕃地区的农业产量。与此同时，松赞干布也派贵族子弟去往长安学习汉族文化，充分加强了两族的文化交流。

文成公主在吐蕃生活了四十年，历史上这四十年也许是十分短暂的一段时间，可是文成公主的到来却极大

地改变了当时吐蕃的状况，极大地促进了我国藏族地区社会经济的发展。而文成公主与松赞干布，也为汉藏两族人民的和谐友好交往，做出了巨大的贡献。

白居易与白公堤

白居易，字乐天，号香山居士，又号醉吟先生，祖籍山西太原，出生于河南新郑。唐代著名的诗人，他的长诗《长恨歌》《琵琶行》，新乐府讽喻诗《新丰折臂翁》《卖炭翁》等，都是脍炙人口的佳作。

大家可知道，白居易不仅是一位伟大的诗人，他还是一位十分注重人与自然和谐发展的好官员呢！

唐元和十四年（819），白居易被贬谪到忠州（今重庆忠县）担任刺史。到达忠州后，白居易发现这座城市也太过荒芜了吧，怎么既无花草也无树木，一点儿绿色都看不到。后来通过明察暗访，白居易了解到，原来忠州地区经济不太发达，因为树木的生长周期很长，老百姓觉得种树无法快速解决自己的衣食需求，便懒得在这

里种树。白居易于是深入民间，向老百姓充分解释了种植花草树木对环境的好处，还带领百姓们一起栽树，终于在几年之后，完全改变了忠州穷山秃岭的面貌，也大大改善了当地的环境，老百姓的生活便也更加和谐舒心了。

后来，白居易又被调任至杭州担任刺史。杭州一带的农田常常遭受旱灾。刚到任的白居易看到水量充沛的西湖，觉得十分不解，为什么百姓不知道用西湖水来灌溉农田呢？于是，他发动百姓修筑堤坝水闸，增加了西湖水的容量，从而解决了当地十万亩农田的灌溉问题。出于可持续发展的目的，白居易还对开闸放水提出了严格的要求，指出在非灌溉期间一定要注意及时封闭闸门，发现有漏水的地方，则要立即修补。

尽管白居易昔日所修筑的那条堤坝早已不复存在，但是如今，人们一直把西湖畔的那条堤坝称作白公堤，以纪念昔年为杭州人民做出贡献、让杭州人民能够与自然和谐相处的好官员！

李重进化敌为友

　　李重进是五代时后周太祖的外甥，福庆长公主的儿子，因姻亲之故而在朝廷任职，后来颇有战功，是后周的著名武将。他为人大度，平易近人。

　　当时还有一名大将名叫张永德，一贯看不上李重进，常常在酒宴上言说李重进的缺点，还借着醉酒说李重进对朝廷不忠，恐会图谋不轨，使得将士们都十分害怕。并且，张永德还专门派遣亲信去周世宗那里打小报告，但是周世宗并不相信李重进有不轨之心，也不把张永德说的当回事。可是，张永德与李重进作为后周的两名重要将领，手握重兵，如此言论，难免让朝中人心惶惶。李重进觉得长此以往也不是个办法，于是他便一个人骑着马去张永德的军帐中拜访张永德，并恳切地对张

永德说：“您与我都是掌握国家兵权的重臣，我们应该同心协力，共同辅助皇上，捍卫国家。不知道我哪里做得不好，让您对我的怀疑这么深啊！”看李重进诚恳的样子，张永德也有些惭愧，心想自己平时说李重进的坏话原本就是无凭无据，而对方竟然为了军中和睦如此大度，便也化解了自己心中对李重进的敌意。

韩琦的和谐心态

韩琦，字稚圭，自号赣叟，相州安阳（今河南省安阳市）人，北宋著名的政治家。

有人曾经送给韩琦两只玉杯，造型精美，可谓绝世珍宝。韩琦十分喜爱这两只玉杯，每逢宴会，便要将这两只珍贵的玉杯拿出来让大家一起赏玩。然而不幸的是，在一次宴会上，有人不小心碰了盛放玉杯的桌子，于是这两只珍贵的玉杯便滑落到地，摔了个粉碎。当时参加宴会的人一个个都大惊失色，这可是韩琦最珍爱的两只玉杯，大家都想着这下完了，估计韩琦得大发雷霆了，而不小心碰了桌子的人更是吓得跪倒在地，连忙谢罪。可是韩琦面对此种场景，竟然也没有生气。他笑着说："这物件和人一样，寿命也是有定数的。我想它今

天之所以摔碎，大概是它自身的寿数到了，怎么能怪你呢！就算今天你没有不小心碰到桌子，或许它也会遭遇别的意外，依旧会摔碎。再说了，你也不是有意的，就不用放在心上了！"摔碎玉杯的人听了韩琦的话，感动得连忙谢恩，其他的宾客也都为韩琦的宽宏大量而赞许不已。

其实韩琦对待他人，一直都是十分宽厚的。有一次深夜，韩琦坐在桌前急着给别人写信，因为当时处所的条件十分简陋，没有烛台可以安放蜡烛，韩琦就叫了一位士兵帮忙举着蜡烛给自己照明。不过这个士兵可能没干过给人举蜡烛照明的事，一不留神，蜡烛的火焰就燎了韩琦的胡子。士兵着实吓了一跳，偷偷看了看韩琦，只见他用袖子拂了拂胡子，丝毫没有在意，便埋头继续写信。等到信写完了，韩琦抬头一看，才发现为自己举蜡烛的士兵换了一个人。他担心因为烛火燎了自己胡子的那个士兵会受到责罚，赶忙命人叫回了刚才举蜡烛的士兵。还有一次，有一位士兵偷偷逃回家去，几天后才返回军营。这在当时是十分严重的大罪，按照规定是要掉脑袋的。韩琦得知后，叫来那个偷偷回家的士兵，询问他为何要私自回家。士兵说他得知自己的母亲得了重病，想要见母亲最后一面才私自回了家，并表示自知触犯了军法，愿意接受处罚。韩琦调查后发现士兵所言不虚，而是对他从轻处罚，而这位士兵也十分感动。

曹翰庙中感和谐

曹翰原本是后周世宗帐下的将领，赵匡胤陈桥兵变、黄袍加身后，曹翰归顺北宋，后来成为北宋名将。曹翰虽然战功赫赫，但是性格暴躁，为人也十分暴戾。

有一次，曹翰率军平定江南，渡过长江后，他带着军队闯进了庐山寺。寺里的和尚得知曹翰来了，便纷纷四散躲藏了起来，可是一个叫缘德的老和尚却不以为意，依旧留在寺庙里打坐。

曹翰进入寺中，发现除了一个老和尚外，并不见其他人，而这位老和尚只是坐在那里打坐，也不起身行礼。曹翰觉得这个老和尚不把自己当回事，便十分恼怒，当即便拔出长剑威胁老和尚说："臭和尚，为何不前来迎接本将军？"

尽管如此，缘德禅师依旧稳坐在那里，不为所动。过了许久，才缓缓说道："老衲为何要迎接你呢？"曹翰觉得这老和尚还挺有意思，就又恐吓他说："你难道不知道本将军是杀人不眨眼的曹翰吗？"可是缘德禅师却盯着曹翰说："那你难道不知道老衲乃是不怕死的和尚吗？"

其实曹翰这个人，对怕死的懦夫很鄙视，可是对于不怕死的人却往往多了几分敬意。于是他便态度有所和缓，问道："老禅师，怎么这庙里只有你一个人呢？其他的和尚都去哪里了？你把他们都叫回来吧！"缘德禅师看曹翰的态度有所改变，也放缓了语气，说道："我们寺院有个规矩，如果需要大家集会的话，就敲敲鼓，大家听到鼓声，就会聚集到大殿了。"说着，缘德禅师便用手指了指大殿边上的大鼓，说："鼓就在那里，想要叫大家回来，不如你就自己去敲鼓吧！"

于是，曹翰便走过去，拿起鼓槌咚咚地敲起鼓来。他敲鼓的声音很大，可是敲了半天，也没有一个和尚过来。曹翰心中不快，又问缘德禅师说："我这敲了半天

了，怎么没有一个人过来？"缘德禅师依旧用温和的语气说："你的鼓声虽然大，但是凶狠暴戾，声音中充满了杀气，大家听到这样的鼓声，哪里敢过来呢？"说着，缘德禅师便起身从曹翰手中拿过鼓槌，在鼓上只是轻轻敲了几下，不一会儿，躲藏起来的和尚便都陆陆续续地回来了。

曹翰见此情景，才知道并不是只有暴力才能让别人听话，和谐才是最大的力量啊！

王旦大度相处同僚

　　王旦是北宋初年的著名大臣。他从小就热爱学习，性格沉稳，其父王佑称说王旦将来一定会很有出息。后来，王旦考中进士，为官之后屡屡升迁，而宋真宗也十分信赖王旦，认为王旦是可以帮助国家实现太平的人。

　　因契丹入侵，宋真宗在寇准的建议下御驾亲征，王旦也一并跟随。可不久后，在京城留守的雍王元份患了重病，于是宋真宗便让王旦急速回京，接任留守事务。临行前，王旦请求宋真宗召见寇准，称说有要事相商。待寇准来后，王旦启奏说："倘若臣返回京城，十天之后还没有能够接到前线的捷报，应该怎么办？"宋真宗沉默半晌，说："倘若那样，就立太子为皇帝！"王旦称诺后返回了京城，直接进入皇宫，颁布命令要求任何

人都不能走漏消息。终于，宋真宗班师回朝。王旦的家人不知道王旦早已回朝，纷纷赶到郊外迎接他，可是等到了郊外，却发现只见圣驾，不见王旦。正着急，王旦从身后骑着马也迎了过来，家人这才知道王旦早已回京的事。

　　有一次，宫内发生了火灾。王旦作为宰相，闻讯后立刻奔赴现场指挥救火。大火熄灭后，宋真宗非常难过，说："两朝的积蓄，平日里我都不敢随便花费，却不料被一场大火给烧光了，真是太可惜了！"然而王旦听后却说："这次的火灾不过损失了一些财物，而整个天下都是陛下的，又有什么值得忧虑的呢？臣以为现在最应当忧虑的，乃是政令是否明确，赏罚是否得当。臣不才当了这个宰相，却遇到了如此天灾，臣以为臣颇有责任，请陛下罢免臣下！"皇帝听后，则认为天降灾祸，应该由皇帝来承担责任，于是便下了罪己诏，还要求臣民多给自己提意见，监督朝政。后来，有人称说这场火灾并不是天灾，而是因为荣王宫失火蔓延到皇宫的，并请求皇帝将有关人员逮捕治罪。经过调查，与此次火灾相关的竟有一百多人。王旦得知后，又奏禀皇帝说："当初皇帝因为火灾而下了罪己诏，大臣们也纷纷上了奏章表示愿意承担责任。可是如今却要把火灾的责任归咎他人，这又怎么能彰显陛下的信用呢？况且，尽管是荣王的宫殿先起了火，然后蔓延至皇宫，可是既然能够蔓延到皇宫，又怎么说不是天灾呢？"听了这番话，皇帝便不好再继续追究火灾的事了。

王旦与同僚相处时也很注重和谐。比如寇准，他常常在皇帝面前指出王旦的短处，可是王旦非但不以为意，反而总是称赞寇准。皇帝不解，问王旦说："你总是称赞寇准，可是寇准在朕面前，总在说你的坏话啊！"王旦则说："我在宰相的职位上久了，难免在事情的处理上有所疏失。寇准发现我的过失，没有向陛下隐瞒，这不正是体现了他的无私与正直嘛！而这也是我一贯看重寇准的原因！"由此，皇帝更觉王旦贤能了。

吕蒙正宰相肚里能撑船

吕蒙正是北宋时期著名的宰相，他为人宽厚，即便是对自己充满恶意的人，他也能够与之和谐相处。

当年，吕蒙正刚被任命为参知政事，职位相当于副宰相。第一天上任，吕蒙正昂首阔步地走上大殿，突然听到有个声音嘟哝了一句："这么个小子也配当上参知政事？"这句话声音虽小，但也被吕蒙正听到了耳朵里，不光吕蒙正，周围很多官员都听得真真切切。然而，吕蒙正依旧装作没有听到的样子，照常向前走去。后来，与吕蒙正要好的同僚心里不服气，愤愤不平地跟吕蒙正说一定要把这个乱讲话的人找出来。可是吕蒙正却不以为意："罢了罢了，这种人倘若知道了他是谁，岂不是一辈子都忘不了他了？那还不如干脆不要知道他是谁。喜欢说什么就让他说去吧！不过一句空话而已。"

还有一次，有人揭发蔡州知州张绅贪赃枉法，于是吕蒙正就免去了张绅的职务。张绅不服气，便私下里托人向皇帝进谗言说张绅家十分富足，并不需要贪污，吕蒙正这次将他免职，乃是因为昔日吕蒙正向张绅借钱没借到而怀恨在心的缘故。于是，皇帝便责怪吕蒙正，并且让张绅官复原职。但吕蒙正并没有为自己辩解。直到后来，其他的官员无意间发现了张绅贪污的证据，皇帝才知道当初错怪了吕蒙正。不过吕蒙正也没有把这件事放在心上。

有一个叫温仲舒的人是吕蒙正昔日的同窗好友，两个人原本是同时中举，可是温仲舒却因为犯事而被贬了官。吕蒙正当上宰相后，因为觉得温仲舒是个有才能的人，被贬官这么久，真是白白浪费了人才，就向皇帝举荐了温仲舒。温仲舒得以再次回到京城为官，但是他似乎毫不顾念吕蒙正于自己的情谊恩德，竟然屡屡在皇帝面前说吕蒙正的坏话。对此，吕蒙正依旧装作不知情，

总是一副若无其事的样子，还时不时地将温仲舒夸一夸。后来皇帝也觉得温仲舒有些过分，就问吕蒙正说："你这个同窗好友温仲舒可是常常跟我说你的坏话啊，你怎么还夸他呢？"吕蒙正回答说："启禀陛下，臣作为宰相，自然有责任向陛下您推荐有才干的人选。温仲舒他也确实有才干。至于他说我的坏话，这可就不是我能够管得了的了。"皇帝听后更加看重吕蒙正了。

正因为有着这样的气量，所以宋太宗曾说："吕蒙正气量，我不如也。"

龟鹤丞相不和谐

北宋徽宗时，有两位丞相，一个是左丞相韩忠彦，他是前朝丞相韩琦的儿子，个子很高，身材却很瘦弱，性格也较为内敛温和；另一个是右丞相曾布，他是"唐宋八大家"之一的曾巩的弟弟，身材矮小，微胖，性格十分直爽，脾气也大。上朝的时候两人常常站在一起，这一高一矮、一瘦一胖，对比之下十分显眼，于是人们便在背后偷偷地叫他们"龟鹤丞相"。

原本左丞相韩忠彦的职位是高于右丞相曾布的，可是因为韩忠彦性格柔弱，所以在很多国家政事上曾布总是争着出头，替韩忠彦做决定。这令韩忠彦很不愉快，明里暗里和曾布不对付，曾布也一贯看不上韩忠彦，两个人经常闹矛盾，互相倾轧，很不和谐。

　　有一次，宋徽宗快过生日了，朝臣们都计划着给宋徽宗送寿礼，这龟鹤二丞相自然也不例外，分别盘算着自己的主意。曾布想着宋徽宗平日里最喜爱名人字画，就打算到集市上淘一幅珍贵的字画送给宋徽宗。恰好遇到一家店铺，竟然有卖书圣王羲之的墨宝，曾布喜出望外，即刻花重金买了回来。回到府邸打开卷轴，看着这苍劲有力的字迹，想着把它献给宋徽宗一定会得到丰厚的赏赐。看着看着，曾布又不禁担忧起来，说到鉴赏字画，自己可是一窍不通，但宋徽宗是行家，这幅字是王羲之的真迹还好，倘若是赝品，自己献给皇帝，岂不是欺君重罪？得找个专业人士提前鉴定一下真假。可是，能找谁呢？曾布突然想到了蔡京，蔡京虽然人品不好，却是个丹青妙手，鉴别字画也十分在行。当时蔡京在自己的死对头韩忠彦手下任职，要是让韩忠彦知道自己想送皇帝字画还要请他的人来鉴定，岂不被他嘲笑。于是，曾布决定派人偷偷地去把蔡京请来。

　　其实蔡京早看这对龟鹤丞相不顺眼了，想要取而代之却还没有实力，只能暂时屈居韩忠彦手下。得知曾布的意图后，一个一石二鸟的计策应运而生。蔡京先是遗憾地表示，曾布所购买的这幅字画乃是赝品，并且装模作样地说："曾大人，其实吧，这幅字是前阵子我临摹送给韩丞相的，不想它怎么又跑到大人您手中了！"曾布听到这话，顿时火冒三丈。而蔡京还觉不够，又来火上浇油："当时韩丞相看起来很喜欢这幅字，还说留着一定有大用处。我当时还想，一幅字能有什么大用处，原来韩丞相是要来蒙骗大人您呐！"曾布听了这话，简直要气炸了。蔡京又顺势说，自己可以把韩忠彦曾做过不好的事告诉曾布，只要他去皇帝面前参上一本，韩忠彦必被罢相，只不过有个条件，就是需要曾布向皇帝举荐自己。报仇心切的曾布想也没想，便答应了蔡京。

　　受到曾布弹劾的韩忠彦被罢了相，蔡京也因此受到了提拔。曾布原本以为除掉了自己的死对头韩忠彦就可以高枕无忧，不料蔡京更难对付。蔡京为人阴险狡诈，在他的设计下，曾布也被宋徽宗贬出了京城。这时，曾布才意识到，蔡京其实一直在利用自己和韩忠彦的矛盾，悔不当初。韩忠彦虽然在性格上和自己多有不合，

但人品却没有问题，倘若当初能够与他和平相处，相互
谦让，哪里会有今日的结果呢？

宗泽和谐振军威

宗泽是北宋末年著名的政治家、杰出的军事将领。他所生活的时代，恰逢乱世。先是宋徽宗与宋钦宗双双被金人掳去，随后即位的宋高宗赵构又主张与金人议和，不欲抵抗。而宗泽一直渴盼收复中原。建炎元年（1127），宗泽任用岳飞等人为将领，屡败金兵，被金人称为"宗爷爷"。后来，宗泽又曾二十多次上书宋高宗提出抗金收复中原的建议，却始终没有被采纳。

赵构在南京登基不久，也曾被宗泽的复国大计所感动，故而任命宗泽为龙图阁学士、知襄阳府。后来因为开封府的长官一直空缺，没有合适的人选，在李纲的举荐下，宗泽改任开封知府。而这个时候的开封，已经不同于往日京城气象。敌军屯留在黄河边上，日夜可听到

隆隆的战鼓声。而开封城中，士兵百姓混杂，且多有盗贼，使得人心惶惶。宗泽到达开封后，先是捕杀了一部分盗贼，并下令，凡是盗窃百姓财物的，无论多少，皆按军法处置。于是，城中剩下的盗贼便不敢造次，百姓也获得了短暂的安宁。

当时河东有个大盗名叫王善，此人拥有七十多万的人马与近万辆战车，因为实力雄厚，王善便想要独自占领开封。面对如此劲敌，宗泽心想倘若带领官兵与王善决一死战，估计胜算很小，且损兵折将，不免让金人有机可乘。深思熟虑之后，宗泽打算尽量用和平的方法解决这件事，便决定自己一个人去找王善谈一谈。

于是，宗泽独自一人骑着马来到了王善的军营。王善其实早已听闻宗泽的大名，在得知宗泽只身来到自己的军营之中后，颇觉讶异。而接下来宗泽的举动，更是让王善意想不到。宗泽既没有斥责王善，也没有想要开战的意思，反而是握着王善的手，声泪俱下地说："如今朝廷正处于危难之际，如果像您这样的勇士能够多一两位，我们的朝廷怎么可能还要惧怕外族的侵略呢？您这样有勇有谋之人，何不为朝廷效力，建立一番功业呢？"王善看宗泽这样一位大人物如此尊重自己，也感动得落下了眼泪，说："王善怎么敢不为朝廷效力呢？"于是，他便带领着自己的军队归附了宗泽。后来，宗泽又劝降了拥兵三十万的杨进与拥兵几万的王再兴、李贵与王大郎等，大大增强了宗泽军队的规模与实力，同时也和平解决了盗贼侵扰百姓的问题。

从铁木真到成吉思汗

  提起"铁木真"这个名字你可能觉得陌生，但提到
"成吉思汗"你一定不会不晓得！孛儿只斤·铁木真曾
是大蒙古国可汗，后来建立了大元王朝，尊号"成吉思
汗"，是在世界历史上赫赫有名的军事家、政治家。

  铁木真是蒙古族乞颜部人，他的父亲是乞颜部首
领也速该。当时，乞颜部在漠北的部落中还不算十分强
大，有一个叫作泰赤乌的部落经常与乞颜部发生冲突，
而泰赤乌部实力强大，乞颜部对此十分头疼。

  有一次，铁木真带着部众外出打猎，恰好碰到了泰
赤乌部的族属照烈部的一群来打猎的人。于是铁木真就
友好地邀请照烈部首领夜晚一起住宿，把酒言欢。对方
首领看铁木真如此友好，便诚恳地告知铁木真："承蒙

邀约，我们自然觉得十分荣幸。可是我们这次出来带的干粮已经快吃完了，原本一共出来了四百多人，现在已经有二百人陆续返回了。倘若同宿，原本应该共享食物的，可惜我们实在是囊中羞涩，恐怕会失礼啊！"铁木真听后，并不在意，反而坚持要与照烈部同宿。

于是两支队伍便结伴而行。晚上住宿的时候，铁木真命人将自己带的好酒好粮拿给照烈部人一同享用。而白天打猎的时候，铁木真还让部下将野兽驱赶至照烈部的围场，因此照烈部在这次围猎中收获很大。照烈部也看出了铁木真对他们的照顾，都十分感动。他们回去后悄悄议论说："泰赤乌和我们是同族兄弟，却常常抢夺我们的粮食与饮水，可是乞颜部的铁木真却这般仁厚，这不应该才是真正的兄弟吗？"

后来，因为不堪忍受泰赤乌部的百般欺凌，照烈部首领便率领部众投奔了铁木真。而泰赤乌部的其他属部，也因为听闻铁木真的仁厚而投奔了他。于是，乞颜部逐渐强大起来，最终铁木真统一了蒙古。

由此可见，善于与外界、与他人保持和谐的关系，才是获得成功的重要保障！

小伙伴巧妙话当年

　　明太祖朱元璋乃是中国历史上著名的平民皇帝。他出身贫苦，小时候曾在地主家放过牛，后来遇到灾荒，朱元璋又去庙里当了和尚。因此，在少年与青年时代，朱元璋结识了许多生活在社会底层的人。

　　等到朱元璋做了皇帝，他以前的穷苦朋友们一个个都坐不住了，他们很想再次和朱元璋攀上关系，甚至弄上个一官半职，于是纷纷求见朱元璋。而朱元璋念旧情，也都一一接见了他们。可是有些人为了以旧情套近乎而谋求官位利益，着实不开眼，甚至口无遮拦地把许多朱元璋年轻时候的不光彩的事说了出来，搞得如今已经是皇帝的朱元璋非常没有面子。于是这些人要么被轰走，要么被朱元璋径直斩首了。

　　不过，有一个曾经跟朱元璋玩耍过的小伙伴，因为一张巧嘴而获得了朱元璋的赏识。这位小伙伴见到朱元璋后，并不像其他人那样说话直来直去，他知道朱元璋现在是一国之君，身份与当年已是天壤之别。于是他对朱元璋说："陛下，您是否记得当年微臣曾伴驾扫荡芦州府，随着陛下一起攻破了罐州城，那个时候，汤元帅正在逃命，我们捉住了豆将军，却遭红孩儿当关，后来多亏了菜将军，才得以取胜。"原来，这位小伙伴用隐喻的方法说他和朱元璋小时候偷豆子、煮豆子的事。当时他们一起把偷来的豆子煮了吃，但是煮豆的时候，罐子不慎被打破了，豆子一下子都洒了出来，朱元璋急着抢豆子吃，不料却被红草的叶子给噎住了，多亏了这位小伙伴的帮助，用菜叶把红草的叶子一并带下了肚。想起这段儿时的经历，朱元璋觉得十分好笑。而这位小伙伴用这么一段话展现了当时的场景，又很好地维护了朱元璋的面子，因此朱元璋对这位小伙伴十分赏识。

　　因此，要维持和谐的人际关系，说话讲究方式方法是十分重要的。正所谓"良言一句三冬暖，恶语伤人六

月寒"，会说话的人说出的话往往会让人内心温暖，即便有矛盾也能化解，而不会说话的人往往说出伤人的话还不自知，即使在大夏天也会让人觉得心里寒冷。

杨翥和谐处邻里

杨翥是明代宣德至景泰年间的官员。杨翥为人多能忍让，善于与人和谐相处。

早年间，杨翥的邻居丢了一只鸡，以为是杨翥偷了去，于是在门口大骂，说姓杨的偷了他的鸡。杨翥的家人听到后气呼呼地把这件事告诉了杨翥，希望他这位一家之主能够找邻居理论理论，免受这不白之冤。但是杨翥却不以为意，说："随他去吧，他骂的是姓杨的偷了他家的鸡，这里也不止咱们一家姓杨的。既然不是咱们偷的，那就不用管他。"

还有一户邻居，每次下雨就把自家院子里的积水扫进杨翥家。于是只要下雨，杨翥家的院子就积满了水，家人生活颇为不便。家人又去劝杨翥，想让他出面去说

说邻居，不要总把积水往别人家扫。可是杨翥依旧不以为意，只是说："嗨，天长日久的，总归是晴天的时候多，下雨的时候少，随他们去吧！"

无论邻居怎么做，杨翥都不以为意，从来不为此而生气，久而久之，邻居们被杨翥的宽容而感动，也觉得有些惭愧，便主动与杨家交好。后来有一次，有盗贼密谋盗窃杨翥家的财物，邻居得知此事，都纷纷帮助杨家防备盗贼，最终使得盗贼没有能够得逞。

后来杨翥到京城居住，他喜欢骑驴，对自己的小毛驴也十分爱护。每次下朝回来，总是亲自为毛驴梳洗，很是爱惜。但是杨翥的邻居年近六十的时候得了一个儿子，邻居一家都宝贝得不得了。可是这个孩子不知道为什么，一听到杨翥的驴子叫就会大哭不止，而且不吃不喝，家里人都急坏了。因为此时的杨翥是达官显贵，邻居家也不敢跟杨翥要求什么。但是眼看着孩子日渐消瘦，家人实在没有办法，只好告知了杨翥。他们原本以为杨翥会因此而生气，没想到杨翥二话不说就把他心爱的小毛驴卖了。日后上朝，杨翥也都步行前去。

知行合一心和谐

王阳明，名守仁，字伯安，自号阳明子、阳明山人，浙江余姚（今宁波余姚）人。明代著名的政治家、军事家、思想家。弘治十二年（1499），王阳明登进士第，由此踏入仕途，一生在政治、军事上颇有建树。但是王阳明一生的成就对后世影响最大的还在于他对中国传统儒学的传承与发展。阳明其学，上承孟子，中继陆象山，最终形成独特的阳明心学，或曰阳明学、王学。

阳明心学强调"和谐"。王阳明认为，自我的身心首先要保持和谐，然后做到物我维持和谐，人与人之间要和谐相处，最终则会达到社会的和谐。

王阳明曾论述过人心与物同体。有人不理解，问他说："我观察我自己的身体，感觉到血气在全身的流

通，这可以被认为是同体的。可是我与他人，分明不是同体啊！再比如说禽兽草木，和我相互对照的话，那就更不算是同体了。先生为什么要说人心与物同体呢？"王阳明回答说："其实你只要在感应上看，不仅禽兽草木，即便是天地，也和我们是同体的。"听了这话，对方更加迷惑了。于是王阳明问他："你看在这天地之间，什么是天地的心呢？"对方回答说："我曾经听说人便是天地的心。"王阳明又说："那么人又把什么叫作心呢？"对方回答说："大概就是所谓的灵明吧！"王阳明说："正如你所说，弥漫在天地间的，其实最重要的是'我'这个灵明，而作为人只不过就是一个形体罢了，这个形体无非就是把自己与其他人、其他物体隔离开来。我的灵明就是这天地的主宰。倘若没有我的灵明，就无法去发现天的高大；倘若没有我的灵明，就无法辨别地的祸福。那么也就是说，假如天地万物没有了我的灵明，那么也就意味着这天地万物都不存在了。而如果离开了天地鬼神万物，我的灵明也将不复存在。因此我们说人心与万物同体，这都是一气贯通的，不能分开的。"对方这才恍然大悟。

在这种身心和谐、物我和谐理念的基础之上，王阳明进一步提出了"知行合一"的理论。简单来说，就是凡事仅仅思考是不够的，只有努力去行动、去实践，我们才能让自己与世界、与世界上其他事物真正互动起来，从而实现我们的人生理想与目标，而这就是所谓的"圣人之道"。

郑成功与高山族同胞和睦相处

　　南明时期，荷兰殖民者一直占领着我国台湾地区。1661年，南明将领郑成功率领军队横渡台湾海峡，意欲赶走荷兰军队收复台湾。当时居住在台湾地区的是我国高山族的同胞，当他们得知郑成功登上台湾岛的消息后，纷纷夹道欢迎，并在日后的战争中给予郑成功很大的帮助。于是，就在郑成功登岛的第二年，台湾被成功收复。为了表达对高山族同胞的感谢，郑成功曾多次率领兵士拜访高山族部落首领。

　　有一次，郑成功带领兵士到达高山族部落时，从迎接的人群中突然走出四个人来，他们每人端着一个盘子，里面分别放着金、银、野草与泥土，准备敬献给郑成功。郑成功看到盘子中的物品后，很快就明白了对方的意图。于是，他笑着向高山族的同胞表示，此次到达台湾，主要是为国家驱逐那些荷兰殖民者，目的是收复国土，而并非为了获取财物。于是，他收下了放着野草与泥土的盘子，而将放着金、银的盘子还给了高山族的同胞，对方很是感动。

后来在治理与建设台湾的过程中，郑成功为了帮助高山族的同胞们发展农业生产，不但将先进的农具和耕牛送给他们，还派人教他们最新耕种的技术与方法，这使得昔日以采集和打猎为生的许多高山族部落大大提高了生产水平，也加快了高山族在文化上的发展与进步。而更重要的是，郑成功在台湾期间，促进了汉族移民与高山族同胞的和谐与融通。

陆萩诵诗巧救父

陆萩，字次友，号雅坪，清康熙年间曾担任内阁学士与礼部侍郎等官职。

陆萩的父亲曾是明朝的士兵，因为在与清军的战斗中打了败仗，被清军俘虏，关在一座寺院里，严密把守。百姓因忌惮清军，都不敢靠近。当时陆萩只有十岁，因为挂念父亲，便跑到寺院前面大哭，说要见自己的父亲。守卫的兵士见陆萩又哭又闹，就把他抓去见他们的将领。将领见在外面闹事的只是一个孩子，倒也不以为意，就是想吓唬一下陆萩，便凶神恶煞地问道："你这小孩，怎么擅闯军营？你叫什么名字？你的父亲又是谁？"将领本来以为陆萩一定会吓得说不出话来，谁知小陆萩脸上毫无惧色，反而镇静地回答道："我叫陆葇，我的父亲是明朝士兵，在与你们的战争中失败了，所以被你们关进了这座寺庙。我很思念我的父亲，所以才来这里想要探望父亲。如果可以，我请求您能够放过他，我愿意替父亲在这寺庙里受罚。"

这位将领不曾想陆葇条理如此清晰，还说要替父亲受罚，可见还是个孝顺的好孩子。于是便问陆葇："你读过书吗？"陆葇说："我已经读过两年书了！"将领听后，便拿出自己随身携带的一把扇子，展开扇面举到陆葇面前，说道："你看这扇子上有两行字，如果你能把这两行字读出来，我就答应放了你的父亲！"陆葇看了看将领手中的扇子，不假思索地说："这是两句诗，我曾经读过。扇子上写的是：'蒐兵四解降王缚，报国三登上将台。'这首诗是宋代人写赠给武惠王的，意在称赞武惠王不但用兵如神，而且可以在战胜之后释放俘虏而不滥杀无辜。"将领听后哈哈大笑："你这小子，果然读过书！"陆葇紧接着说："将军您如果也能够在战胜后释放俘虏，就和当年的武惠王一样英明了！既然战争已经取得了胜利，接下来就要以和谐之道得人

心啊！"这位将领听了陆菜的话，觉得这个十岁小孩不但勇敢，而且聪明，是不可多得的人才，于是便下令兵士释放了陆菜的父亲。同时，他还将陆菜收为义子，后来把陆菜带去了北京，为陆菜聘请名师悉心教导。而陆菜也不负众望，最终考中进士，进入国史馆负责编撰史书。陆菜出色的才学多次受到康熙皇帝嘉奖。而小陆菜曾经诵诗论和谐使得父亲被释放的故事，后来也成为一段佳话，一直被人们所传诵。

叶桂"踏雪"与薛雪"扫叶"

　　清朝有两位著名的大夫，一位叫叶桂，另一位叫薛雪。他们二人居住在同一条街道上，又都是名医，却常常相互瞧不起对方，总觉得自己的医术要更胜对方一筹。有一次，一位病人找薛雪看病，薛雪诊脉后判定已经无药可医，无奈病人又去找了叶桂。叶桂诊断后，为这个病人开了药方，而病人在吃了叶桂开的药后，渐渐好转。叶桂知道这个病人曾经找薛雪看病的事，于是便借着这件事，逢人就说薛雪技不如人。薛雪听闻后，十分不快，便把自己的住宅改名为"扫叶庄"，明眼人一看就知道，这是针对叶桂而改的名字——很有扫尽叶桂威风的意味。叶桂得知此事后，也很生气，就有样学样，把自己的住宅改名为"踏雪斋"，意在要永远把薛

雪踩在脚下。

后来，叶桂的母亲得了重病，叶桂为了救治母亲，可谓想尽了办法，然而母亲的病还是日益加重而不见好转，作为医生的叶桂真是别提有多着急和懊丧了。薛雪听别人说起了这件事，在仔细询问了叶母生病的症状后，他大笑叶桂的医术实在是难以恭维，并对别人说，像叶桂母亲的这种症状，只要"白虎汤"下肚，保准立马见好。叶桂从他人口中得知了薛雪的话，也顾不得什么同行之间的矛盾了，赶忙给母亲配了"白虎汤"煎好喝下。别说，叶桂的母亲在喝了"白虎汤"后，还真是逐渐好了起来，不久就痊愈了。

这件事之后，叶桂进行了深刻的自我反省。其实，当时叶桂的名气要远远大于薛雪，所以他一直以来都很有优越感。可是现在想想，其实薛雪也确实有比他医术高明的地方，正所谓学无止境，任何一个同行，都可能是自己的老师。于是，他便亲自到"扫叶庄"拜访薛雪，不但为自己过去鲁莽的行为向薛雪道歉，还虚心向薛雪求教。薛雪见叶桂来访，也十分感动，同时向叶桂检讨了自己的小肚鸡肠。就这样，叶桂与薛雪二人化解了恩怨，成了很好的朋友，经常一起探讨医学，研究治病方案。二人曾经一怒之下给住宅换上的匾额，随着二人关系的缓和，也被摘了下来，什么"扫叶庄""踏雪斋"的，就此成了一段历史。二人不计前嫌，和谐相处的故事，成为中医界的一段佳话。

仁义胡同与六尺巷

　　明朝时，在京城做官的董笃行有一天突然接到一封家人的来信，信上说，现在老家正准备盖房子，但是因为地基的划界问题和邻居产生了争执，邻居不依不饶，导致盖房子的事迟迟无法推进，因此希望他能够凭借京官的身份以及在当地的威望，出面解决这件事，让邻居能够知难而退。董笃行读过这封信后，立马就给家人写了一封回信，可是他在信里并非如家人所愿——用自己的身份威慑邻居，反而是用一首打油诗规劝了自己的家人。信中写道："千里捎书只为墙，不禁使我笑断肠。你仁我义结近邻，让出两尺又何妨。"家人接到董笃行的回信后，不禁赧然，想了想，董笃行说得很对，何必为了这一两尺的土地争执不休坏了邻里之间的情谊呢？

于是，董笃行的家人便重新划定了界墙，这次他们主动让出了好几尺的土地。邻居看到董家划好的界墙线后，也觉得有些惭愧，觉得自己曾经为了这几尺的土地与邻居争执也是够小心眼的，于是，邻居便也主动让出了几尺的土地。就这样，两家竟然一共让出了八尺的土地，而在房子盖成后，两家的院墙之间便多了这么一条胡同。当地的人得知事情原委后，就把这条胡同称作"仁义胡同"。

到了清朝，同样的剧情再次上演了。大学士张英老家在安徽桐城，与张家相邻的一家姓吴，张吴两家交情一直不错。然而有一天，张英突然收到家人的一封来信，说是吴家最近要新建房屋，想要占用两家之间的那条供双方往来交通的空地。张家自然不肯，便因为这个事和吴家打官司闹到了县衙。因此，张家特意给张英来信，希望他能够凭借自己大学士的身份，疏通关系，帮助张家打赢这场官司。张英看过信后也是哑然，于是他给自己的家人写了首诗作为回信，诗曰："千里来书只为墙，让他三尺又何妨。万里长城今犹在，不见当年秦

始皇。"意在告诉家人，邻里之间应该互相谦让，无须为了一点土地坏了交情。家人读罢，心中也逐渐豁然，于是便主动地让出了三尺的空地。而吴家看张家如此大度，顿觉惭愧，便在建房时也主动让出了三尺基地。于是，这两家之间便多出了这么一条六尺宽的小路，后来则被称作"六尺巷"。

"仁义胡同"和"六尺巷"的故事都可谓是邻里和谐的典范。

左公柳"引得春风度玉关"

中
华
和
谐
故
事

　　左宗棠，汉族，字季高，一字朴存，号湘上农人，
湖南湘阴人。他是晚清著名的政治家、军事家，与曾国
藩、李鸿章、张之洞并称"晚清中兴四大名臣"。

　　清同治年间，左宗棠带兵收复了被阿古柏和沙俄侵
占的新疆。之后，他顺便到嘉峪关一带考察当地人民的
生活状况。当他看到戈壁滩只有稀疏的骆驼草，不见高
大的树木，漫天的风沙就这么扑面而来的时候，左宗棠
深切地感受到了当地少数民族同胞生活的不易。他想，
自己来到此处不过一段时间，就已经难以忍受这里的环
境，那么在这里生活的老百姓们，世世代代过的都是怎
样艰辛的日子啊！

　　于是，左宗棠决定要为当地的百姓办点有意义的

事。正所谓人多力量大，左宗棠和兵士们一起，为百姓拓宽了道路，疏通了关隘，还兴修了水利工程，以期能够改善当地百姓的生活。

与此同时，为了改善当地的环境，抵御风沙，左宗棠又率领大军沿着丝绸古道，一面疏通道路，一面在路边种下了一排排适合在当地生长的杨树和柳树。但由于这一地区的气候和土壤问题，树木的成活率大打折扣，只能不断地补种。因此，这既是一项巨大的工程，也是一项持久的工程。左宗棠深知树木在人与自然和谐相处中的重要作用，他没有轻言放弃，带领兵士们不辞辛苦，在这里种下了一茬又一茬的柳树。

几年之后，这一带终于变得绿柳成荫了。而随着这些柳树的长大，当地的自然环境也得到了极大的改善。风沙在柳树的屏障下，也无法再那么暴虐了，于是天更蓝了，水也更清澈了，当地百姓种的花果蔬菜收成也更好了。人与自然的和谐为人们更美好的生活创造了条件。

为了纪念左宗棠的不朽功绩，人们将左宗棠率领兵士种下的这一路杨柳树称为"左公柳"。后来，他的同乡及幕僚杨昌濬，应邀西行为左公柳写下了一首诗，刻在石碑上立在了天山脚下。这首诗曰：

大将筹边尚未还，湖湘子弟满天山。新栽杨柳三千里，引得春风度玉关。